연어
閃亮亮的小銀

安度昡 안도현
游芯歆 譯／達姆 繪

目次

穿越困境，我們將體認到真實的夢想與希望

許皓宜（臺灣師範大學諮商博士）

寫在導讀之前先自白，我沒想到今年讀到最勵志的故事居然不是來自人，而是來自一群魚兒。

收到《閃亮亮的小銀》書稿時，明明是薄薄一本書，卻要閱讀與品味許久。導讀還沒寫，忍不住先紅了眼眶。這本書與其說是一本青少年小說，我倒認為內容如同《小王子》一般，給我這個成年人莫大的觸動與人生啟發。

「『鮭魚』兩個字，擁有河川的味道。」《閃亮亮的小銀》開頭這麼寫著。即使引發環保與生態學人士的抗議，作者還是堅持這麼說，因為如果你沒能好好將這本書從頭看到尾，你不會知道最重要的啟發就在「最後壓軸處」。

這個故事的開始，起於一尾找尋「逆流而上」意義的銀鱗鮭魚「小銀」。雖然，小銀從來不知道自己的父親，但河川說，他有一雙和父親一樣的眼神，也找尋夢想和意義。

「逆流而上，是為了尋找現在還看不見的東西，像是夢想和希望，一些艱辛

卻美好的事情。」

接下來，小銀與總是遠遠望著他的亮眼鮭魚「小亮」相遇了，她為了救他，被北極熊撕裂了背鰭。即使鮮血冒出，她仍對他說：「你不痛，我就不痛。」之後他們用「心」看到了彼此，整個世界都變得美麗了起來。於是，他們一起從銀白和深藍的模樣變得通紅，成為熟透而以腹抱卵的模樣。

然而，鮭魚的一生就是要逆流而上，跨越瀑布用盡氣力去產卵，接著，他們就會死去。「我們逆流而上，難道就只為了產卵嗎？」小銀困惑的說，讓小亮有點擔心。

瀑布隆隆作響的聲音是鮭魚群旅行的障礙，歷來有多少鮭魚為了跳躍瀑布而喪命？大顎鮭魚、大嘴鮭魚、長鰭鮭魚、鐵口鮭魚都發表了如何跳躍瀑布的高見，那偌大的危險，讓誰也不敢輕易下定論。最後，科學家鮭魚闖了進來：「我終於找到了一條路。」那是人類為鮭魚創造出來的路，一階一階的階梯筆直的延伸，像一條漆黑蜿蜒的隧道，但他秉持科學家的堅持，親自游了過去又游了回來。「那絕對是一條輕鬆的路。」彷彿使命一般，科學家鮭魚說完，嚥下了最後一口氣。

七嘴八舌的，大家的意見分成兩派：有人說，科學家不會騙人的，有輕鬆的路，我們何必要這麼痛苦呢？有人說，那是人類造出來的東西，不是為了鮭魚好！

「產卵的事情非常重要……」小銀突然開口了，他想起帶著夢想、引領五百條鮭魚跳上瀑布的父親，「但是，一旦我們開始選擇了輕鬆的道路，我們的下一代就會只想走輕鬆的路。」小銀用低沉而堅定的聲音提醒大家，現在的努力將變成下一代扎實的骨與肉。他的聲音不再是過去那條軟弱害羞的鮭魚。

受到小銀鼓舞的鮭魚逐漸集結，排隊躍上瀑布，穿越洶湧的疼痛後，他們躍入安靜水流的溫暖懷抱。小銀和同伴穿越困境，為自己打開了新的視野，在那裡，他們體認到真正的夢想與希望。

以一雙想要看見與欣賞無形之物的「鮭魚的眼睛」，作者筆下的鮭魚不只深刻的觸動了我們，也帶我們投入追尋生命意義之河，超越困境與生命逝去的焦慮。他用鮭魚的一生，優美輕快卻直入人心，陪伴我們走過年少、成年及老年的生命課題。

「鮭魚兩個字，散發出河川的味道。」閱讀《閃亮亮的小銀》，我則聽見也品嘗到了，人們心底愛與希望的聲音。

用「心」觀看，感受「存在」的美好

楊俐容（青少年心理專家）

閱讀韓國詩人安度昡為青少年書寫的小說《閃亮亮的小銀》，即便是早已過了中年、正式邁入生命晚秋時節的我，仍一再為書中生動的自然景致、細膩的情感元素，以及寓言般的故事和詩歌般的文字而深受感動。

因為自身的經驗，安度昡突發奇想的要創作一篇名為〈鮭魚〉的文章，卻在蒐集相關知識時，受到一張照片的啟發。他體會到：「完全了解鮭魚並愛上鮭魚的方法，就是要有懂得從旁觀察鮭魚的眼睛，再加上想像力。」因而發展出這一部談追尋自我、探索生命、學習愛與被愛，並且和天地同在的自然小說。

他所說的從旁觀察，指的是不被外表所惑，而能看到內在本質的態度，是想看見且能看見無形之物的心靈之眼。特別是在這個越來越重視看得見的外表與財富的年代，細細品味書中小亮所說的「只要用心眼來看，整個世界都會變得很美麗」，真能讓浮躁的心安靜下來。從旁觀察是了解、是陪伴，而這些，都是年輕的靈魂最渴望被對待的方式；從上俯瞰則是監督、是干涉，讓被觀看者充滿焦慮和鬱悶，而這，絕對不是愛。

除了愛的本質，《閃亮亮的小銀》也探討了青少年自我追尋的歷程。本書主角小銀因為長相獨特受到同伴的排擠，孤獨寂寞的他一直在思考「活著」到底有什麼意義。幸運的是，他從姊姊的關照、小亮的陪伴中找到能量，也在草綠江伯伯的引導下，看到逝去的父親讓他景仰的模範；他體會到「鮭魚，就該活得像條鮭魚」，也逐漸能以微笑面對別人的嘲笑，勇敢說出自己的想法。

在歷經艱辛，沿著瀑布逆流而上，終於洄游到故鄉之後，小銀已然明白，生活的意義，不在遙遠的地方。「比起心裡從不抱著一絲希望生活的鮭魚，我覺得自己已經很幸福了。」小銀在面對生命終站時，說出這樣的話語，也就是說，生命的意義是在自我追尋的過程，而不是任何目標的達成。如果年輕的心裡有這樣的話語在舞動，無論順境逆境，都會有向前走去的希望和力量吧！

青春是浪漫的同義字，但浪漫不是指花前月下、美食燭光，而是指在這個盲目追求外在的時代、在令人目眩神迷的世界裡，找到真實的生命價值，溫柔且堅定的逐漸成為一個完整的自己。

相信年輕讀者將從《閃亮亮的小銀》中，學會在年輕歲月裡，揮灑青春氣息、遇見浪漫詩意，學會以「心」觀看，感受「存在」的美好；也希望爸爸媽媽一起閱讀這本好書，找回遺忘已久的生命情調與浪漫情懷！

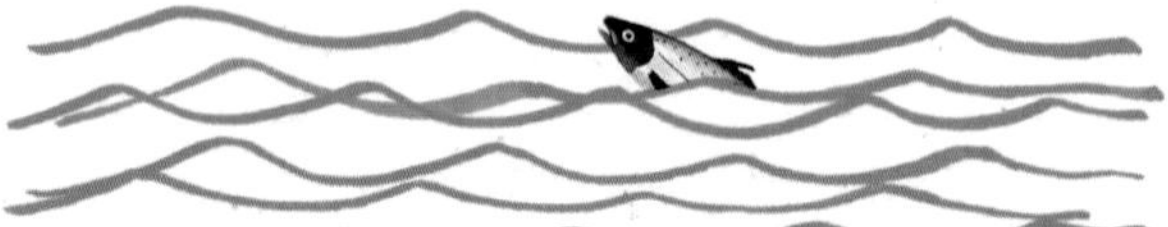

序

即使，
愛像一件舊外套，變得寬寬鬆鬆的，
到了該丟棄的此刻，還是無法放下。

還想再擁有一次的
希望，無處不在。
謹將此書獻給
對信念深信不疑的人。

1

「鮭魚」兩個字，擁有河川的味道。

我曾經將以這一句話起頭的一篇短文，投稿到專業釣魚雜誌。由於本國河川裡，鮭魚洄游率太低，釣魚迷挺身而出，呼籲各界展開鮭魚保護運動。當那份雜誌在書店上架的同時，我也出乎意料之外的接到了讀者的抗議電話。

第一個打電話給我的人，劈頭就自我介紹

自己是環保運動家。他說，人類的自私才是破壞自然生態界的最大根源。我點了點頭。他的聲音聽起來十分慷慨激昂，但他是少見的那種誠摯的人，所以我還是抱著謙虛的態度，傾聽他的話。

結果，他突然對我的文章標題〈為了享受釣鮭魚的樂趣〉，挑起毛病來，甚至斷言我是人渣，擅自掛斷了電話。真是令人生氣！我想，他八成只是蹲在廁所裡，隨便瀏覽了雜誌目錄吧。不然，怎麼能不看文章內容，光對著標題妄下結論呢？真令人難以理解！我甚至覺得，人類，才真是極度急躁的動物。

也有人打電話來指責開頭寫的第一句話有問題。他說，「鮭魚」兩個字擁有河川的味道，根本就是亂寫。鮭魚在河川度過的時間，不過是在大海的十分之一而已，那句話不符合生態學的事實。應該寫成：「鮭魚」兩個字，擁有大海的味道。他的話似乎很有道理，但在我聽來，只是個想像力不足的人罷了。一般來說，那樣的人不懂重要的部分都在最後壓軸，無論什麼事情，他們都不會做全盤的考量。

「鮭魚」兩個字，擁有河川的味道。

因此，我想再寫一篇以此開頭的故事。同時為了避免讀者無謂的誤解，連標題也先訂好，就只是單純的「鮭魚」兩個字*。

我開始翻閱百科全書和魚類圖鑑，準備深度了解鮭魚。每年從楓紅遍野的九月到十一月之間，鮭魚都會逆流而上回到出生地，屬於洄游性魚類的一種。之後，在布滿礫石、水流有些湍急的險灘上弄出一個直徑約一公尺，深約五十公分的產卵地，產下櫻桃色的卵。卵的數量大約有兩千到三千個左右。散落在礫石縫隙裡的受精卵大約需要兩個月的時間孵化，這時，最適合牠們生存的水溫是攝氏七、八度……

我學到了許多鮭魚知識，卻一行字都寫不出來。這些激發不了想像力的知識真是毫無用處。直到有一天，我看到一張照片：一架巨大的波音七四七客機沉沒在水中，令人有點傷感。

照片裡，那架應該穿過白雲、翱翔在天空的客機，耀眼的銀白色機身卻浸泡在水裡，就這麼停止了呼吸。應該是遭遇突然的意外，客機才會

＊編注：此指原文書名。

迫降在海上，沉進了大海。水裡的客機似乎想以它悲傷卻又雄偉的肉體向我傳達些什麼。我認為自己似乎也該回應些什麼，於是更仔細的觀察照片。哎呀，原來那不是一架墜落的飛機，而是一群鮭魚正活力充沛的逆流而上。數百尾鮭魚組成隊伍朝著上游進軍，只為了在上游產卵。

在世界上，我最羨慕用相機拍下這張照片的人，因為他肯定親眼看到了活蹦亂跳的鮭魚。或許他曾經想穿上潛水服潛入水中，在鮭魚旁邊攝影也說不定。換成是我，就會那樣做。

但是，生活在水裡的鮭魚害怕生活在陸地

上的人類。因為人類不從旁觀察鮭魚，只會從上方往下看！對鮭魚來說，從上方往下看他，是很不幸的。因為人類從上往下看的角度，無疑是魚鷹或棕熊的角度。與其說魚鷹或大熊對鮭魚有興趣，不如說，牠們只是聯想到鮭魚卵而垂涎三尺罷了。

完全了解鮭魚並愛上鮭魚的方法，就是要有懂得從旁觀察鮭魚的眼睛，再加上想像力。簡而言之，就是要有「心眼」：既是「想」看見無形之物的眼睛，也是「懂得欣賞」無形之物的眼睛。想像力就是讓我們走向世界的力量。

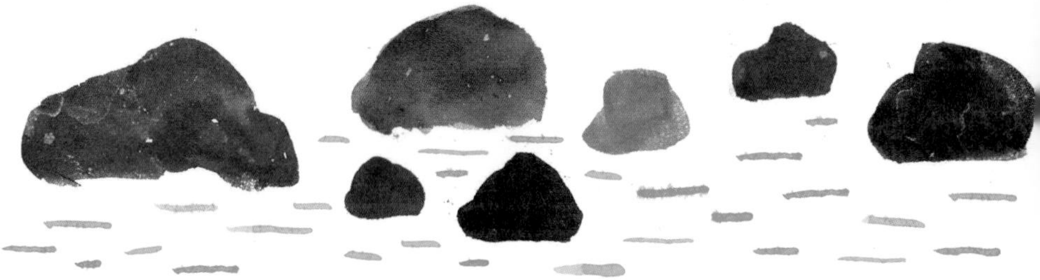

2

太陽將大海照成一片橙紅色，遼闊得望不見盡頭。

距海面一百公尺的上空，一隻魚鷹*正畫著大圓飛翔。天剛亮，魚鷹因為有點飢餓，早早出

*編注：一種專門捕食魚類的猛禽，經常出沒於水庫、湖泊和河川附近。

來覓食。然而，已經在海面尋找快三十分鐘，今天卻連常見的沙丁魚都沒看到。魚鷹數度伸出鐵鉤狀的利爪，仍抓不到東西。越這麼做做樣子，肚子就越空虛，冷風颼颼掠過翅膀尖端，魚鷹開始有點生氣了。

魚鷹很清楚，每年這個時候，總會有鮭魚群順著白令海的冰冷寒流移動過來。和其他魚種相比，鮭魚肉多又清淡，是他喜歡的魚類之一。想起鮭魚的嫩肉，魚鷹更餓了。

這時，一個奇怪的物體進入他的眼簾：比鯊魚還大的物體正快速朝著南方移動。它的正中央

有著一個發光點，看起來像是潛水艇打開了照明裝置，在海底航行。

魚鷹飛降到十公尺的低空，心想，有必要仔細探索一下這個奇怪的物體。以前他曾遇上剛升上海面、如房子大小的潛水艇，當時他誤以為潛水艇是鮭魚群，尖喙俯衝而下，結果弄得狼狽不堪。此刻，他小心翼翼的往下俯瞰著大海——雖然必須不斷揮舞翅膀的低空飛行令人厭惡，但此刻連早飯都沒著落的他，也只好認命了。

果然不出所料，奇怪的物體就是鮭魚群，至少超過三百尾以上。

魚鷹心想，得小心的保持距離在後面跟著，不能讓鮭魚群發覺。他虎視眈眈的緊盯著水面，鮭魚群保持著時速四十公里左右的速度，井然有序的游動著。鮭魚群正中央的發光點仍舊附著在那裡。

魚鷹睜大眼睛，盯著發光點。原來那不是一個點，而是一尾他從沒見過的奇怪鮭魚。魚群包圍住的那隻鮭魚與其他的鮭魚不同，背部閃爍著銀色的光澤。

大部分海魚的腹部是白色，背部是深藍色；為的是讓露出海面的背部能偽裝成海水的顏色，

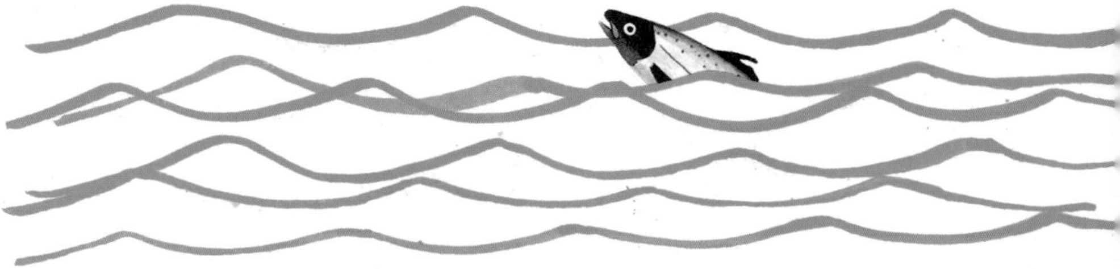

騙過從高處俯瞰魚群的海鳥。

那種偽裝術卻騙不過魚鷹低空飛行時的銳利眼睛。魚鷹始終盯著色澤獨特的鮭魚，嘴裡也開始流下口水。

魚鷹突然俯衝到離水面只有兩公尺的地方。魚鷹將力氣放在兩側的腳爪上，美味的早餐就在眼前。接著，他飛快的掠過水面，爪尖即將刺進帶著獨特光澤的鮭魚身體。

「魚鷹來了！快散開！」

受到魚鷹突如其來的攻擊，鮭魚群撲濺著水花向四處散開。

魚鷹往空中拉高，感受著來自兩隻腳爪之間、扭動掙扎的生命重量。他心滿意足的往下看著自己的獵物，在他的兩爪之間，一尾鮭魚正不停掙扎著，想重新喚回自己即將熄滅的生命力。然而，這條鮭魚並不是他目標中的銀鱗鮭魚，不過是徹底失敗的鮭魚罷了。

3

就在剛才，銀鱗鮭魚從成為凶猛魚鷹食物的首次危機中，幸運的脫困了。

這到底是怎麼回事？比起好不容易逃出死亡的喜悅，活下來的傷痛卻讓他更難過。因為，魚鷹抓走吃掉的鮭魚，是打從離開大河時，就一直游在一起、會在嘴裡銜著兩、三尾小蝦默默餵給銀鱗鮭魚、咬住長得像蜻蜓的美味飛蟲給他，用

柔軟的尾鰭輕拍他腹部的，他唯一的姊姊。

「姊姊……」銀鱗鮭魚低聲呼喊姊姊，心臟就像被尖銳的岩石劃過一般痛苦。這時，他突然聽到姊姊噙著濕答答水氣的聲音，有氣無力的傳了過來。

「小銀啊……」

這天，是他們從河裡啟程，前往大海後的一年左右。

「你知道自己身體覆滿銀色的鱗片嗎？」

「我的身體是銀色的？」銀鱗鮭魚嚇了一跳。

「你的背部和其他的鮭魚不同，不是海水的深藍色。」

銀鱗鮭魚一直不知道自己全身都覆滿了銀鱗。他還以為自己就和其他的鮭魚一樣，有著白色腹部，背部是深藍色。

「我們很不幸的，無法知道自己的長相。」

「為什麼？」

「因為魚類的兩隻眼睛，對稱的長在頭部的兩側。」

姊姊說，鮭魚若想要知道自己的長相，就得透過別的鮭魚開口描述；其他鮭魚的嘴也等於是映照出自己長相的鏡子。或許正因為如此，鮭魚才會養成喜歡說其他魚八卦的習性。

「可是，為什麼比目魚的兩個眼睛都集中長在同一邊呢？」

「那是因為比目魚想知道自己的長相，拚了命之下，才成了那樣的。」

想起比目魚可笑的眼睛，小銀忍不住笑了。但姊姊的眼底卻晃動著深深的陰影。

「小銀啊，你知道為什麼你的同伴都說你是異類嗎？」

小銀這才有點理解「異類」這個詞的意思，

一個清楚劃分自己與其他鮭魚的詞彙。突然之間，小銀覺得自己像是一座獨自待在遙遠海面上的孤島，在名為「世界」的大海上只有自己的孤單感。他並不害怕孤單，只是有些悲傷。

「這種人生，我撐不下去！」知道了自己全身都是銀色之後，小銀時常會有這樣的想法。

每當這時候，心裡的另一尾銀鱗鮭魚便會回答：「你必須咬牙撐過自己的人生！」

從此，他的心裡便住著兩尾鮭魚。

有一天，小銀對同伴說：「不要只看我身上

的鱗片，看一看我的心嘛！」

附近一起游著的魚兒，一臉厭煩的反問了幾句：「心要怎麼看啊？」

發現其他鮭魚在意自己講的話，小銀非常高興。

「這個嘛，就是不要只看外表，要看內在的意思。嗯……」小銀解釋著，大概是因為難得透露心裡話，說得結結巴巴的。無數放在心底的話語就像斷掉的鎖鏈一般，劈哩啪啦的胡亂跳出來，「也就是說……所謂的內在……是看不見的，該怎麼說明呢……」

「你的話太深奧了，實在聽不懂。」同伴興趣缺缺的轉身游開，忙著覓食去了。

一旁看著小銀的其他鮭魚個個嗤之以鼻，他們搖晃著腦袋，彼此竊竊私語：「受到保護就應該心存感激了，還說些什麼傻話啊！」

「就是就是！因為小銀的關係，說不定我們反而會遭受敵人的攻擊。」

聽到同伴的嘲諷，小銀全身都滾燙起來。

事實上，從鮭魚群開始朝著南方移動起，大顎鮭魚就決定讓小銀游在隊伍正中央。大顎鮭魚是鮭魚群的首領，他喜歡在別的魚面前高談闊論，就算聊的只是瑣碎小事，也不會降低音量。他時常以充滿自信的聲音說話，久而久之，下顎就變大了，因而得到這個名字。

大顎鮭魚在準備出發的鮭魚面前揚起大大的下顎說：「不可掉以輕心！不准回頭看！不要接近水面浮游！」

大顎鮭魚的話，就是鮭魚群的法律。

「還有，你！」大顎鮭魚指著小銀，「你必須時時刻刻游在魚群的正中央，不然，你會帶來遭敵人發現的危險。想活著游回故鄉的話，就照著我的話做！」

因此，其他鮭魚在銀鱗鮭魚四周形成了一道保護牆，他的前後左右、上上下下全都是鮭魚。然而，對小銀來說，並非一道安全的圍牆，反而是一片黑暗。

從那之後，小銀逐漸被孤立，眾多的鮭魚裡面願意和他說話的，也只剩姊姊而已了。

「大家為什麼孤立我？」小銀問。

「你怎麼會覺得他們孤立你？怎麼不想他們是在保護你呢？」姊姊這樣回答。

無論什麼事情，姊姊總盡量往好的方向想，這讓小銀很鬱悶。姊姊的字典裡，難道沒有任何

負面的詞彙嗎？還是說，明明知道，卻裝著不知道？

「比起受到保護但被孤立，我寧願不要被保護，能夠自由自在。」

「自由？」姊姊聽到「自由」兩個字，眼睛睜得大大的。

「自由」是鮭魚的禁語之一，和反抗、離家出走、抗命不從、抵制、破壞、玩耍、革命等詞彙同列。大顎鮭魚警告過他們，如果說出這些詞彙的話，就沒有一條鮭魚能平安的返回故鄉產卵了。

「我也想要自由自在的游水，想在海裡盡情觀看，想把大海的一切都盡收眼底。」

姊姊四下張望，深怕被誰聽見。

「我可以理解你的想法，但是……」姊姊總是說她能理解，她繼續說，「這一切都是為你好，你要懂得忍耐，長大以後才能成為了不起的鮭魚。」

小銀鬱悶得連鰓都氣鼓鼓，看起來都快撐破了。

「我真擔心你啊！」姊姊最後這樣說。

但是小銀認為姊姊才更令人擔心，他曾在心

底這麼想過：「姊姊就是愛操心！姊姊為什麼不能從側面看著我呢？就像大熊和魚鷹從上方俯瞰魚群一樣，姊姊也總是想從上往下看我。而且，姊姊裝著一副擔心的樣子，根本是想干涉我，還把干涉當成是愛我的表現。姊姊不明白，愛不是干涉，默默的看著我或和我並排游在一起，才算是愛。姊姊根本不懂吧！」

每當如此，小銀就恨不得離自己的同伴遠遠的。

「離開吧！」當小銀這麼想的時候，「不能離開！」心底的另一尾銀鱗鮭魚就會這麼吶喊，緊抓著他不放。

小銀在腦子裡想著要離開，實際上一次都沒有離開過。

或許真正讓他放不下心的是姊姊。沒想到，姊姊卻代替銀鱗鮭魚成了魚鷹的食物！大概是姊姊留給小銀最後的一個禮物吧！要他在世界上好好的活下去。

4

今天是陽光十分充足的日子。

過去幾天以來不斷落下大雪的陰沉天空，竟然在今天照射出陽光，還穿透進海底深處。大海在自己胸口適當的暈開了藍色墨水，像隻溫馴的小獸，就算去招惹它，也只會發出清冷的吼聲。

鮭魚群也難得有了悠閒時刻。這種悠哉的時候，最好就是飽餐一頓高營養價值的食物。為了安全產卵，他們在逆流而上的時候，不管多麼美味的東西當前都絕對不能吃。因此，他們必須盡早開始在體內儲存好熱量。

食性較為挑剔的小銀，最喜歡吃的就是蝦子。蝦子特有的清香味總令他垂涎三尺。但小銀絕不暴食，他認為，能夠克制自己吃多少的魚才是聰明的魚。鮭魚有鮭魚的食量，鯨魚有鯨魚的食量，如果鮭魚擁有鯨魚食量的話，就不再是鮭魚了。就像鯨魚如果僅擁有鮭魚食量的話，也不再是一條像鯨魚一樣。鮭魚，就該活得像條鮭魚。

小銀填飽肚子後，獨自游上水邊，悄悄伸頭

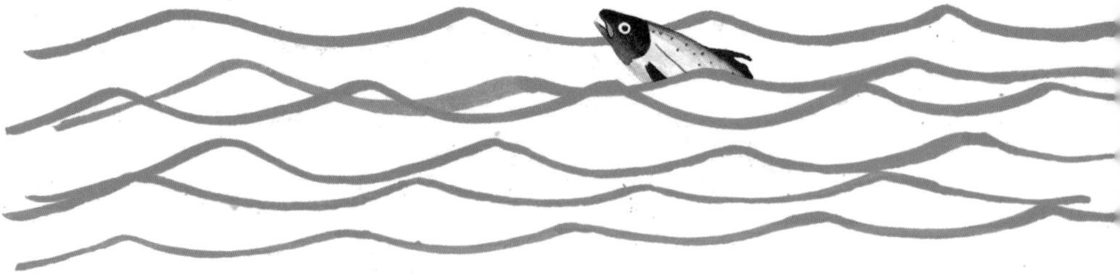

四顧。他一來到水面，大海馬上打開胸口上的窗戶，讓他看見世界。但這是非常危險的行為，因為在世界上，敵人的數量永遠比同伴多得多。

好久不見的陸地上覆蓋著白雪，發出耀眼的銀色光芒。鮭魚群目前正經過阿拉斯加的冰雪陸塊附近。小銀看到冰雪覆蓋的陸地和自己發出同樣光芒時，不由得十分激動。銀光和另一種銀光，當遇見和自己相似之物，誰都會不由自主的產生親切感。然而，這也是十分危險的想法。對於生活在水裡的魚來說，大地是最無法和平相處的敵人。

不過，小銀十分喜歡大海打開自己的胸口，讓他看見全世界。他可以聞到不是水底，而是大地的寒風，光在腦子裡想像，就覺得很愉快。他問心底的另一尾銀鱗鮭魚：「鮭魚為什麼只能在水裡生活？」

心底的小銀卻默不回答。

「有時候，我覺得水裡就像監獄一樣。」他說完，仍舊沒有任何回答傳來。

這時，巨大的黑影突然籠罩在小銀頭上。

「快躲開！」

耳邊掠過一聲簡短的驚呼。

瞬間，悲劇發生了。

小銀感到一陣刺痛，好不容易才撐著疼得火辣辣的腹部。他向四周張望，幾片撕扯下來的鱗片在水裡散亂的打轉著，隱約從某處傳來了血腥味。小銀焦急的扭動著身軀，看看自己哪裡受傷了。奇怪的是，牠身上一點事也沒有，血的腥味卻越來越濃。如果讓喜歡血腥味的鯊魚逮到的話，可就糟了。

小銀察覺到一點微微的波動，似乎誰正靠了

過來。

「沒事吧？」明快的聲音響起，另一尾鮭魚不知何時游了過來，開口跟他說話。小銀這時才打起精神，默默的看著對方。

「沒事吧？」

柔順聲音的主人是一尾背部深藍、腹部雪白的普通鮭魚，但她的眼睛就如同夜空裡明亮的星星，發出閃爍的光芒。

以前，小銀曾經瞞著大顎鮭魚偷偷探出海面，凝望夜空。天空中，那些彷彿會發出水聲的銀河、黑暗中錯落的無名星點，正各自誇耀著自

己的光芒。當時，小銀還以為星星就是天空的眼睛。

「我的名字是小亮。」眼睛明亮的鮭魚自我介紹道。

每當小銀悠閒作著白日夢的時候，小亮其實總在遠方望著小銀。

「北極熊的巨掌正要襲擊你，正等著你接近水岸。你不知道在想什麼！當他往你身上猛打下去，我才會大喊，想要用尾鰭用力推開你。沒事吧？痛不痛？」小亮焦急的詢問。她的背鰭被撕扯開來，無力的晃動著，血跡從傷口處一點一點滲出來。

小銀此時才「啊！」的驚叫一聲。原來小亮早就發現他有了危險，因此犧牲自己，將他從大熊手裡救出來。

「妳怎麼會知道我是誰？」小銀問。

「當你因為滿身銀鱗被排擠的時候，我早從遠處默默的關心你了。」小亮回答。

這種時候該說「謝謝」還是「對不起」，小銀一點概念都沒有。他不知道自己該向將他從死神手中救出來的小亮說些什麼。該說「我到死都不會忘記妳的救命之恩」？還是「我總有一天會報答妳。從現在開始，讓我像個影子一樣，跟在妳身邊」？

「我會為了別人，犧牲自己的生命嗎？」在心裡如此問著自己的小銀，突然脫口而出：「妳一定很痛吧？」

雖然不應該只用這麼一句話來表達自己的感激之情，但話都已經出口了，也沒法收回來。

「我不痛。」

「妳的背鰭還在流血呢！」

「沒關係！」小亮一副沒事的模樣，這裡游游，那裡晃晃。突然間，她的聲音響起：「你不

痛，我就不痛。」

「這話是什麼意思？」小銀說。

她沒有回答，只是凝望著小銀好一陣子。

小亮的眼睛似乎比剛才更加明亮，嘴巴一張一合，彷彿想說些什麼。最後她什麼也沒說，只是朝著鮭魚群的方向游去。但是，從她身上流出來的血腥味卻久久不散。

小銀細細咀嚼小亮的話：你不痛，我就不痛。

這句話在他的腦海裡迴盪不去。如此的一句話，難道已經烙印進了小銀的內心深處？

5

時光飛逝。

6

小銀開始思念起小亮，自從她帶著受傷的身體消失，就再也沒有機會遇見她了。通過白令海的時候，鮭魚群已經增加到將近四千尾。為了盡快到達草綠江入口，鮭魚群也必須以極快的速度移動。

當小銀思念小亮的時候，他會望著夜空中的星星。看著宛如她的眼睛般耀眼的星星，小銀曾經這麼想：「一閃一閃的星星，代表有人在向我傳遞訊號吧？那個人要告訴我：『我在這裡，我很好，一點事都沒有。』我想，一定是小亮不斷在心裡這麼對我說吧！」

小銀甩了甩頭。每當他甩頭的時候，平靜的水面就會響起啪啦啪啦的聲音，像在笑似的。為了抹去小亮的思念，小銀也曾經潛到水裡最深的地方，但又總會不自覺的抬頭望著星星。

「或許，星光也是我傳達給她的訊息。或許，只有她和我才能理解的心意，化成了星星，在天上閃閃爍爍。」

夜空上的星星不斷眨著眼睛，彷彿說著：我想妳，我想妳，我想妳。小銀覺得，世上再也沒有比「我想妳」更令人感動的了。就連等同於嚴格法律的大顎鮭魚命令，對比上這份思念，也不過是一滴水珠罷了。必須在同伴的包圍下移動的孤寂，和這份思念相比，根本算不上什麼。

這種感覺，彷彿是種思念，又像是期待。生活裡總有不得不忍耐的時候。但面對無止境的想念，小銀實在不知該如何是好。

7

突然，一股至今未曾聞過的味道傳來，不知道為什麼，新的氣味不讓人陌生，彷彿是曾經沁透進身體裡，如今只剩模糊回憶的氣味。這就是屬於回憶的味道嗎？彷彿是連長相都不清楚的母親的味道，還是，這是父親的味道？

鮭魚群漸漸開始興奮起來。

這表示，他們已經接近草綠江了嗎？

如果這裡就是草綠江的入口，是不是代表瞪著銳利眼珠的魚鷹、張著黑洞大嘴呼嚕嚕吞下鮭魚的鯊魚、在阿拉斯加冰層上覬覦鮭魚群的北極熊和海獅、連大海底部都不放過的鮭魚捕撈拖網漁船，從現在開始都不會再出現了。如果，這裡就是草綠江的入口；如果，這條就是通往只聽說過的故鄉之路……

魚鰭划水的速度漸漸快了起來，蓬勃的生氣也從體內湧現。河川的味道越來越濃烈，鮭魚群朝著散發河川味道的方向，一起改變游水的方向，彷彿是已經約定好的承諾。

小銀在同伴的包圍下，朝著河川的方向轉過身去。河水混雜在海水裡，感覺水中的鹽分確實少了很多。聽說從草綠江入口到上游的距離並不太遠，在這裡稍作停留，等到稍微適應了河水之後，再溯河而上即可。一想到所有的痛苦即將結束，小銀全身都開始慵懶起來。

這時，一道亮光掠過他的眼前。那光芒太過強烈，導致小銀的眼前瞬間一片漆黑。閃著光芒的物體在魚群轉變了方向之後，就緊靠到小銀的左側。

「你好嗎？」原來是小亮，她的聲音又在小

銀耳邊響起，「小銀，前段日子，你很辛苦吧？」

彷彿讓人看穿自己最害羞的地方，小銀整張臉都紅了起來。

「現在，你不用再擔心了，我會一直陪在你身邊。」

「……」

他們靜默了好一陣子。繼續沉默下去也不是辦法，於是小銀鼓起勇氣先開口說話了：「前些時候，妳跑到哪裡去了？」

「我在很遠的地方。」小亮答道。

「很遠的地方？」

「是啊，我們認識之前，彼此都離對方很遙遠。你在離我很遠的地方，我也在離你很遠的地方。我們雖然一同呼吸，生活在一起，卻離彼此都很遙遠。但從現在開始，不會再那樣了。」

「聽起來確實如此。我再問妳一個問題。」

「你問吧。」

「剛才妳從身邊經過的時候，我眼前瞬間閃過一道光芒。」

「光芒？」

「我絕對沒有看錯，是一道足以讓我眼前其他事物黯淡的強光。」

小亮笑了起來，她原本含在嘴裡的氣泡噗嚕嚕散開到水面上。

「那是因為你用心看到了我。只要用心來看，整個世界都會變得很美麗。」她說。

「心」！好久不曾聽到的話。這是個懂得用心看世界的朋友。小銀久久凝望著小亮，連自己該說的話都忘了。

8

再度見到小亮，也讓小銀產生很大的變化。

對小銀而言，在草綠江入口的一切不再平凡無奇。過去總是輕易忽略的事情，如今對他來說，都具有珍貴的意義。一顆小小的石頭、一株細瘦的水草、游過的每時每刻，過去看似瑣碎的一切，現在都成了寶貝。沒有什麼東西是不該存在於世界上的，世上也沒有什麼東西一定該丟棄的。

小銀尤其喜歡打開耳朵，花很長的時間聆聽水裡各式各樣的聲音。以前為了躲避敵人或覓食才用得上的聽覺，如今成了理解世上所有細微動靜的管道。

小銀聽到蘆葦地裡蟲子的鳴叫聲，聽到通過鐵橋的遙遠的火車聲，聽到鮭魚群成群結隊逆流而上的聲音，柔軟如粉的細沙隨著水流起伏的聲音，聽到懷抱著種種聲音奔流的河水聲。

每當他傾聽那些聲音的時候，小亮總會游到他身邊來。

「你不知道我游了過來吧？」

小亮瞥了她一眼。

「才不是呢！不管妳到哪裡，我的眼睛總會望著妳。」小銀回答。

「其實我也是，而且我連你現在在聽什麼，在想什麼，全都知道。」

小亮的雙眼亮晶晶的閃著光芒。她望著小銀，想著有些話是時候該說出口了。那些只想低聲告訴小銀的話、那些她相信只有小銀才懂的話，以及她想從小銀嘴裡聽到的話。

她靠在小銀的耳邊，緩緩的說：「如果能看見世界的美好，才能感受生活的美妙。」

小銀的胸口充滿一股難以言喻的感受。自從遇見小亮，小銀就忘掉了其他鮭魚的名字、地址、愛好和特長。過去充斥在他腦中的一切記憶全都消失，他變得一無所有。小亮填補了所有的空位。如果說過往的一切都沒有意義，那麼小亮代表的正是有意義的此刻。小銀清掉過去曾經盪漾在內心的無意義水花，現在終於讓自己的心靈成為一個裝得進清新涼風的空罐。

9

小銀的身體也產生了新的變化。

抵達草綠江入口的時候開始，更正確的說，是和小亮重逢之後，小銀的鱗片便開始泛起了水亮的粉紅色。小亮的身體也有了改變。她的身上出現了一點一點的鮮紅色斑點，甚至比小銀身上的顏色更加豔麗。即使過了好幾天，亮麗的紅色仍舊沒有消失，反而以更深、更紅豔的色澤包覆

住全身。

秋意漸濃。

正值楓紅片片，是在水裡載沉載浮、順流而下的時節。

小銀問楓葉：「你們為何染了一身紅？」

「因為秋意漸濃的關係。」楓葉們異口同聲的說。

「秋意？」

「是啊，秋意濃了，我們楓葉就得全部離開，

從吊掛了一整年的樹上飄離。」楓葉說完，小銀一臉惋惜的望著他們。

「別這樣！我們必須離開，明年才能讓更多的楓葉掛在樹上。那麼，你們鮭魚現在要去哪兒呢？」

「我們要游回草綠江上游。」

「為什麼？」

「我也不太清楚。」

「你們的身體為什麼也染紅了呢？」楓葉也很好奇，鮭魚為什麼會變紅。

「我也不知道。」

不知不覺間，多到難以數計的楓葉滿滿的覆蓋在河面，水裡的鮭魚群逆流而上，水上的落葉則順流而下。

「小亮，為什麼身體會變紅？」小銀鼓起勇氣問道。

小亮沒說話，反而深深凝望著小銀的眼睛，靜靜的開了口：「身體變紅，表示我們已經成年。而且……」

「而且？」

「我們在談戀愛。談了戀愛，到了可以結婚的時候，所有鮭魚的身體都會變成紅色。」

「戀愛？那麼紅色的斑點，就不是什麼不好的疾病啦！哈哈哈！」小銀高興的笑著。

這無謂的事情害他煩惱了好幾天，他感到很難為情。仔細想想，「成年」也有點令人害怕。小銀的腦子裡猛然閃過了「責任」兩個字。死去的姊姊曾經說過，成年之後，該負責任的事情會變得非常非常多。

或許因為如此，小亮露出前所未有的慎重表情。她淡淡的說：「結婚的話，就必須產卵。」

「卵？」

「是的！你可能不太清楚，但我肚子裡已經抱了無數的卵。」

「妳？真的嗎？」小銀一臉訝異的望著小亮。小亮的表情雖然凝重，但似乎是領悟了什麼的樣子。這讓小銀的心情無端變得沉重起來。

「你不高興嗎？我需要你的幫忙。」看到小銀並未乾脆的回答「我也很高興」，小亮只好接著說下去，「為了產卵，我們現在才會往我們出生的上游而去。」

默默聽著的小銀，甩了甩頭問：「為了在上

游產卵？只因為如此嗎？」

小亮小心翼翼的說：「那就是我們生存的理由啊！」

「夠了，別再說了！」小銀突然打斷她的話，他腦中的思緒變得很複雜。

所有鮭魚都必須多次跨越死亡的關頭來到這裡，未來也還有許許多多困難橫阻在鮭魚的前方。然而，度過如此艱難的危機生存下來，卻只是為了產卵？鮭魚彼此相遇、戀愛和結婚，全部都只為了產卵嗎？

小銀不願意相信這個事實。

為了產卵而存在，與為了吃而存在有什麼不同？生存，應該還有其他的理由才對。

小銀說：「我們逆流而上，難道就只為了產卵嗎？為了產卵才戀愛，妳認為這就是我們生存的全部嗎？不是的！對我們來說，一定還有別的理由，專屬於鮭魚獨特的生存方式。只不過我們還沒找出來而已。如果找不到那個理由，我們的存在不就變得毫無意義了嗎？」

「這個嘛……我不能說你的想法是錯誤的，但無論如何，我……必須產下卵。不屬於別人，

只屬於你和我的卵。」小亮答道。

小亮很想把自己膨脹的白色腹部讓小銀看看。她想告訴小銀，用心好好看一次這些卵。到上游去把肚子裡的卵產下來，這麼重要的事情，小銀竟然無法理解，這讓小亮太驚訝了。

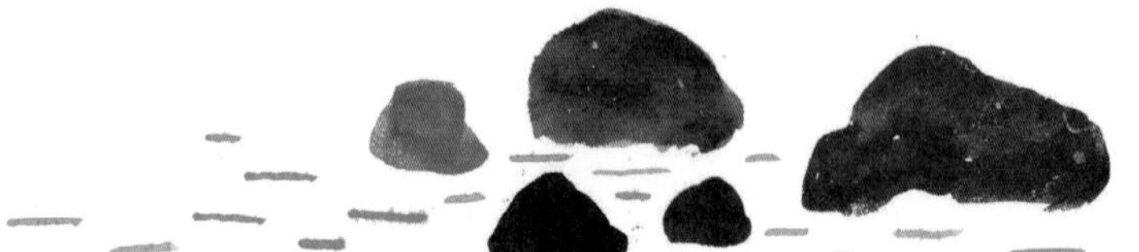

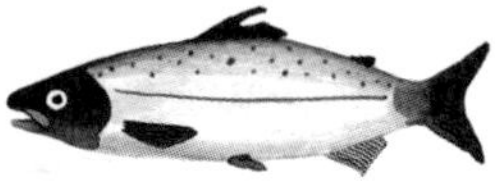

10

「葉子為什麼都順河而下呢？」小銀好奇的問。

「因為他們不懂得逆流而上的關係。」草綠江回答。

「逆流而上指的是什麼？」小銀又問。草綠江減弱水勢，笑了起來。這時，河面上的水流看

似靜止了。但是，世上沒有不動的河川，河水總是不停歇的流動著。只不過大河越深，越難從表面上看出水勢的流動。

「如何逆流而上呢？」

草綠江笑笑不說話。他沒有回答小銀的問題，卻說：「小銀啊，你不要以為靠自己的力量就能逆流而上。」

「不然呢？」

「單打獨鬥根本不代表什麼，對於鮭魚來說，更是如此。鮭魚之美，在於懂得成群結隊，逆流而上。」

「為什麼？」

「逆流而上，是為了尋找現在還看不見的東西，像是夢想和希望，一些艱辛卻美好的事情。」

小銀一動也不動的側耳傾聽，彷彿不想錯過草綠江的每一句話。

「河水為什麼往下游流去，你知道嗎？」草綠江開口問道。

「因為他們不知道怎麼往上游，對不對？」

「哈哈哈哈！」草綠江大聲笑了起來。每當大河呵呵大笑時，河邊便會啪啪的捲起水浪，河畔的蘆葦地也因此晃動起來。小銀這時才察覺，

自己把草綠江說的話想得太簡單了。

「河水往下游流去，是為了讓鮭魚群能逆流而上！」草綠江笑完回答。

「原來我們是因為河水的關係，才必須逆流而上！」

「沒錯！河水往下流的同時，也教導了鮭魚。」

「教導？」

草綠江慢悠悠的接著說：「河水往下流的同時，也把自己的水勢和體溫教給了鮭魚。河水傳授了鮭魚路徑，以及他們必須逆流而上的原因。」

小銀這時才點了點頭。果然，大河用自己全部的身體來教導鮭魚未來的路。

「您說，逆流而上，就是為了尋找希望，對吧？」

「是啊！」

「所謂的希望，就是產卵嗎？」小銀有點失望的問。

「這個嘛，可能是，也可能不是。」

「河水伯伯！哪有這麼回答的？」

小銀一出聲抗議，草綠江就說：「小銀啊，那你的希望是什麼？」

面對草綠江突如其來的詢問，小銀當下卻答不出來。他的心裡懷抱著許多對於明天的期待，但為什麼他突然對於「希望」無話可說呢？小銀心想，其實所謂的「希望」，是不是根本看不見呢？

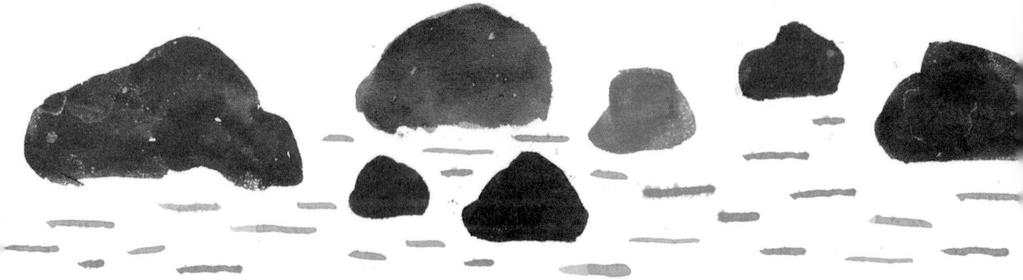

11

安祥的藍綠色河川就像個心思深沉的伯伯。

如果將身體浸泡在他溫暖的懷抱，就彷彿分不出水勢究竟是死寂不動，還是潺潺流動著一般靜謐。

「小銀啊！你一定見過大海吧？」

草綠江似乎對大海充滿了好奇，因為江河不曾接觸過大海。

「可以跟我說說你看過的大海嗎？」

說起大海，小銀很有信心。

「大海沒有止境。」

「沒有止境是指多寬闊呢？」

「我指的不是寬度，而是大海裡互相撕咬、非置對方於死地不可的那種爭鬥。因為有那些爭鬥的存在，大海才沒有風平浪靜的時候。」

聽了小銀的話，草綠江自言自語似的低聲說：「你說的話，和你父親說的一模一樣。」

聽到「父親」兩個字，小銀的耳朵豎了起來。

「伯伯，您也認識我爸爸嗎？」

「當然認識。」

小銀纏著要草綠江說說自己父親的事情。

「你父親也跟你一樣，是全身覆蓋著銀鱗的閃亮鮭魚。」

「啊啊，原來如此！」

小銀感到胸口突然劇烈跳動起來，似乎在發熱，又好像鬱悶得喘不過氣來。想像著父親的銀色魚鱗，他忍不住熱淚盈眶。

「我只有銀鱗像父親嗎？」

「不只是外表，你的心也和你父親一模一樣，你父親是懂得觀察別人心意的鮭魚。」草綠江娓娓說著過去。

「你父親曾經是鮭魚群的首領，帶領著五百條之多的鮭魚群，洄游到草綠江來。很了不起吧！所有的鮭魚都很尊敬你父親，而你父親也以愛心對待所有的鮭魚。我至今不曾再見到過那種巨大莊嚴的景象，或許，將來也不會再看到。」

草綠江一臉懷念的回憶著當時的激動。晚霞灑滿整片江水。

「然而，世上的一切都轉變得太快了。」

「發生了什麼事嗎？」

草綠江遲疑了一下。他很清楚的知道，要提及過去，尤其是傷痛的過往時，必須十分謹慎才行。回憶這種東西，總存在著引起不必要誤會的危險。然而，對於小銀來說，卻必須告訴他完整的一切：讓小銀知道父親的歷史，或許會成為他好好活下去的一個理由。

「你父親是一條絕不走輕鬆道路的鮭魚。」草綠江說。

「什麼是輕鬆的路？」

「譬如人類專為鮭魚所造出來的水路。順著

那種路游的話，一點也不辛苦，同樣能游到上游去。但是，你父親卻不相信那種路。」

「我不是很明白。」

「你爸爸總說，鮭魚有鮭魚該走的路。以前，這條江上有很多瀑布。」

「瀑布？那是什麼？」

「用你父親的話說，所謂的瀑布，就是鮭魚必須躍過的地方。但是對於不想跳躍，選擇在瀑布前面放棄，或是只想順著人類造出來的水路輕鬆而上的鮭魚來說，瀑布就成了始終克服不了的艱難障礙。」

「因為瀑布發生了什麼事情嗎？」

「沒錯！面對瀑布，你父親屬於堅持必須跳上瀑布的一方，和反對勢力之間發生了衝突。」

小銀想知道的事情越來越多，趕緊追問：

「他們為什麼不聽我父親這個領導者的話呢？」

「他們辯稱，想要躍上瀑布會造成很大的犧牲。但你父親有不同的想法，他認為，一時的犧牲雖然悲哀又令人心痛，然而，為了未來著想，他們必須躍上瀑布。」

「為了遙遠的日後是什麼意思呢？」

「鮭魚如果只喜歡走輕鬆的路，隨著時間流

逝，就會漸漸被淘汰。如果成為讓人類養殖的魚，未來，就再也找不到一尾能跳躍過瀑布的鮭魚了。這就是你父親的想法。」

「後來怎麼樣了？」小銀急切的問道。

草綠江的臉上帶著悲傷的表情，注視著一抹晚霞說：「躍上瀑布的過程中出現了許多犧牲者。抵達上游的時候，你父親不得不接受反對勢力的批判。對於鮭魚群的犧牲，你父親鄭重道歉，同時也讓出了領導者的位置。」

「那麼，是我爸爸自己承認錯誤囉？」

「小銀啊！你父親一點都沒錯。當時躍上瀑

布犧牲的鮭魚，都讓人類抓走了，就是那些躲在瀑布旁邊準備抓著鮭魚的人！要說真有什麼不對的話，也是人類的錯，你父親只不過想堂堂正正的走一條屬於鮭魚的路罷了。」

「哎！」小銀的口中流露淺淺的嘆息。

草綠江緊緊擁抱著小銀，對他說：「小銀啊！」

「我在這兒。」

「你感到難過嗎？」

「沒有。」

「那就好了，那就好了！你雖然成不了領導

者，但不想走輕鬆路的想法，和你父親一樣，這就夠了。我也為你感到驕傲！」

從此之後，草綠江再也不曾提起小銀父親的事情。從草綠江那兒聽到父親的故事之後，小銀露出前所未有的開朗表情。他不再為自己的銀色鱗片而羞恥，反而因此覺得驕傲。

「喂，銀鱗怪胎！」當他的同伴嘲笑著游過身邊時，小銀會這樣回話：「是啊，我就是銀鱗鮭魚！」

他成了一尾懂得笑著頂嘴的鮭魚。

12

每當想起自己過去為了外貌而煩惱的日子，小銀都會慚愧得想找個地方躲起來。他曾經告訴同伴看魚要看心，也埋怨過不願理解他人內心深處的同伴，甚至認為這個只看外表不看內在的世界充滿了偽善。

現在，小銀才終於漸漸明白，這只是充滿傲慢的想法。

「我有沒有好好看進了其他魚兒的內心？」小銀問自己。心裡的另一條鮭魚回答：「沒有！」

沒錯！說真的，連自己都不曾想要看進其他魚的心，最重要的是，他也不曾理解小亮的心——她認為，為了產卵逆流而上是鮭魚生存的唯一理由。小亮的心底擁抱著無數心之卵，小銀卻看不見。明明是近在身邊的小亮，小銀卻什麼也看不見。

小銀很難過。彷彿明白小銀正獨自難過著，草綠江大大方方的將他擁進懷裡。

「伯伯，您為什麼想去大海呢？」

「我不會去任何地方。」大河若無其事的回答。

「別騙我了，您現在都還毫不止息的流動啊！」

「那是沒錯！但是沒有非要流向大海的理由。」

小銀覺得大河大概糊塗了吧，他繼續問道：

「世上有毫無生存理由的人生嗎？」

「不可能，世上沒有毫無意義的人生。」

「那麼，伯伯，您人生的理由是什麼？」
「就是現在，『我存在於此』的這件事。」
「『存在』本身就是人生的理由？」
「是的。我本身就是存在的意義！也就是說，可以成為我以外其他東西的後盾。」
小銀覺得「後盾」這個字眼有點刺耳。他想起，以前有些鮭魚老愛耀武揚威的說：我的後盾就是大顎鮭魚。他們動不動就搶別條魚的食物，一天到晚賣弄自己的力氣。他們作威作福，以為自己就代表鮭魚群的小法律。因此，「後盾」一詞在小銀的認知裡總是可怕與黑暗的。

「為什麼說是『後盾』？」

「我現在在這裡抱著你，就表示我的存在成了你的後盾。」

「喔喔！」

這下子，小銀才知道，雖然是同樣的詞語，因為使用者不同，意義或感覺就有了很大的差別。

例如「傷口」這個詞也一樣。小亮遭到北極熊攻擊留在背鰭的傷口至今都還留著，如撕裂的碎布條一樣飄動著。其他鮭魚看到她的模樣覺得很醜陋，總是掉過頭去。這些鮭魚認為傷口就是

看起來醜陋的傷疤，但是，小銀總把那傷口當成自己的傷痛，深深的刻在心底，只不過沒有把「因為妳受傷了，我才免於受傷」這句話說出來而已。

「現在該明白了吧？」

「是的，星星之所以明亮，就是因為有黑暗作為後盾？」

「沒錯！」

「花之所以漂亮，是因為有大地作為後盾？」

「對的！」

「那麼，鮭魚群之所以美麗，是因為互相成

了對方的後盾？」

「嗯，正是如此！」

大河覺得小銀真不簡單，不只是水底，他也連對天空和大地的法則很有興趣，是懂得深思熟慮的鮭魚。通曉自然之美與法則，表示他明白自己也是大自然的一部分。只不過，地面上的人類卻對這個重要的事實渾然不知，身為大自然的一部分，卻藐視大自然。大河對人類的所作所為，總感到十分痛惜。

「那麼，我也能夠成為誰的後盾囉？」小銀問。

「你嗎？」

「怎麼了？我太弱小，做不到嗎？」

「不是的。」

「不然呢？」

「是因為你太特別了，我才這麼說，而不是指身軀大才能成為後盾。我們隨時都能成為他人的後盾。」草綠江回答。

小銀想，其實，我最想成為小亮的後盾，但他還是忍了下來，沒有說出口。

13

那天，小銀嚇了一跳。小亮正和草綠江在聊天！他過去一直以為和大河聊天的對象只有自己而已，沒想到小亮也能以心眼來對話。而且，小亮甚至還知道大河哪裡不太舒服。

她一臉凝重。

「您哪裡不舒服嗎？」小亮問。

草綠江回答：「嗯，是有點不舒服。」

小亮將身體沉浸在草綠江的同時，聽見了大河微微的呻吟聲。但大河之前一直不敢表露出病痛的表情，深怕鮭魚會擔心。小亮是第一個察覺這件事的。有一次，她的眼睛紅腫了起來，這就代表大河哪裡有病痛。因為這世界如果有哪裡不舒服的話，小亮的身體總會先一步發病。

「讓我看看您不舒服的地方。」小亮似乎不懂得害羞了。

「坦白說，我沒有一處不痛的。我的氣孔，還有我的血管……」

小亮歪著頭，一副不明白的樣子。隨即，她

睜大眼睛，望向河裡。

「您是說，江水裡面的氣泡，每一個都是伯伯您的氣孔，也是您的血管嗎？」

「沒錯！所以我全身都不舒服，血流不順，呼吸也有些阻塞。」

如此看來，越往上游去，大河越是喘得厲害。小銀原以為是草綠江碰到急轉彎，筋疲力盡才會如此。原來不是啊！

「過去，江邊響起斧頭筏木聲的那時，日子還過得去。但現在，因為電鋸的轉動聲，簡直連覺都沒法睡了。」

草綠江重重的嘆了一口氣。這是過去少見的景象。

「近來，老是發生一些讓人難以承受的事情。有時也會從人類的村子裡排放出無色無味的水混進來。看來，我也老了吧！」

「原來是人類害伯伯生病啊！」小亮的聲音高了起來。

「我也不知道……妳討厭人類嗎？」

「當然討厭！我根本不相信人類。他們看魚不是從側面看，而從上方看，是無法寬恕的一群生物。」

草綠江深深望進小亮的眼裡，問她：「妳見過人類？」

「我曾經看過數百條的鮭魚被捕撈船的漁網一次拖走。他們根本不知道，因為這樣的濫捕，將來地球可能連一隻鮭魚都捉不到了。」

「我覺得，人類分成兩種，帶著釣魚竿的人類和帶著照相機的人類。」

「照相機是什麼？」

「簡單的說，就是一種可以拍下時間的機器。」

「您的話有點難懂，我不太明白。」

「妳沒見過帶著照相機的人類，所以才不明白。我相信那些帶著照相機的人類，因為幾經打聽，我才知道，原來那些人也是大自然的一部分。」

「照相機」這個陌生的名詞令小亮有點混亂。她只看過拿著釣魚竿和漁網的人類，無法理解大河的意思。拿著照相機的人類，究竟是什麼人類呢？草綠江為什麼相信他們呢？

14

溯河而上的同時，鮭魚的身體開始發紅，嘴部向前突出。公魚的牙齒會變得尖利，背部也向上拱起，這是陷入愛情的象徵。變身的公魚開始有能力保護母魚不受敵人傷害。

小銀遇見了一尾背部嚴重彎曲的鮭魚。他的背部和其他公魚不同，畸形的朝右側扭曲。因此，他只要不游水，停頓下來時，看起來就像是為了把身體扭向左邊似的。

小銀先向長相怪異的彎背鮭魚打招呼：「你好！」

彎背鮭魚沒有回應。

「你的背怎麼變成這個樣子呢？」小銀問道。

彎背鮭魚還是沒有回應。小銀只好使勁喊了一聲：「你沒有嘴巴嗎？」

然而，彎背鮭魚仍舊不回答，只是腹鰭「啪咧咧」的痙攣起來。

「哎呀！」

尾彎背鮭魚是條不會說話的鮭魚。小銀後來才知道，自己老是對同伴怪異的長相感興趣，其實等同於在侮辱同伴。

小銀在心底說：「對不起！」

「沒關係！」彎背鮭魚也以心語回答。

彎背鮭魚繼續用心語說，其實他也不知道自己為什麼會變成這個樣子。

小銀回應：「八成是從人類村子裡流出來無色無味的水所造成的。」

彎背鮭魚扭來扭去的游著水，一臉難過的表情。

15

突然之間，水勢變得湍急，不筆直撐住身體的話，就會讓強勁的水流推著流下去，感覺上就像在大海中碰上了海嘯一般。其他的鮭魚也苦苦支撐著，以免失去身體的重心。

不僅如此，還有彷彿要吞噬鮭魚群似的水聲晃動著水底。從水聲發出的方向冒出許多氣泡，不時集結又迅速散開來。小銀收起魚鰭，絲毫不敢放鬆警戒。這時，游在前頭一尾魚突然放聲大喊：「瀑布！」

聽到的鮭魚，全都楞住在原地。

小銀對於傳聞中的瀑布十分好奇。他的好奇心只要開始發動，就再也忍耐不住。

他撥開河水，悄悄探出河水外頭。這種時候，河水總不吝惜把世界展現在他的面前。

大河開啟了他的胸膛，小銀的眼前出現一道巨大的水柱從天而降。他彷彿就是等著這一刻：一道燦爛的五色彩虹揮灑在小銀眼前。彩虹是小銀至今所見的風景中最神祕的。但洶湧的水聲和難以數計的小水珠使得小銀無法久久凝望神祕的彩虹。太貪心的話，說不定會被捲入水柱的鞭子裡，拋回大河下游去也說不定。

小銀想告訴小亮他看到了瀑布，也想告訴她，那道雖然短暫卻深深吸引了他目光的彩虹。小銀神采飛揚的說：「我看見彩虹了，彩虹唷！」

「喔！」

怎麼回事？小亮的反應很冷淡。

「妳也看到彩虹了嗎？」

「沒看到。」

「想看看嗎？」

「沒什麼興趣。」

小亮不知在想些什麼，轉動著亮晶晶的眼珠。

「彩虹這種東西，一下子就會消失。」

「妳是說，一下子就會消失的東西，一點也不美麗嗎？」

「或許吧。」

小亮望著小銀。小銀很了不起，是他懂得追求比現在更有意義的生活。最重要的，他是她深愛的鮭魚。但小銀還不懂世上有多危險，才會隨便的說出「產卵不應該是生存的理由」。

「曾經有一尾鮭魚說，抓住彩虹就代表了希望，這就是生存的理由。他無時無刻都在追逐彩虹。當他離開自己的同伴時，只留下一句話：當他抓住了彩虹，他就會回來。」

「他抓住彩虹了嗎？」

「那尾鮭魚看到了雨過天晴後的彩虹，也看到了鯨魚噴水時出現的彩虹。越是如此，越加堅定他要抓住彩虹的信念。然而，他終究沒能抓住。」

「為什麼？」

「每次覺得快抓住了，轉瞬間卻又消失，這

就是彩虹。不要說抓住彩虹，聽說那尾鮭魚後來死了，睜著慘白的眼睛，浮到海面上，腹部朝天。這是在離開鮭魚群後，才過了兩天而已的事情。」

「嘖嘖！」

「有種東西叫刺槍，人類手上拿著的刺槍在某個瞬間反射陽光的話，就會閃閃發光，形成彩虹的樣子。那尾鮭魚也看到了刺槍上形成的彩虹，遠比在天空裡的彩虹，或是鯨魚的噴水彩虹更近在眼前。他一心只想抓住那道彩虹，趕緊回到自己同伴的身邊，那時就不顧一切的游了過去。結果當然就落得被刺死的命運了。」

小亮的眼中不知何時蓄滿了淚水。眼淚深切的告訴了小銀，追逐彩虹是一件多麼空虛的事情。

「美的事物不在遠方，也不巨大，更不會轉瞬就消失。」

從瀑布上落下的水聲轟隆作響。瀑布是阻礙鮭魚群順利旅行的一大障礙，水聲也是鮭魚群的另一威脅。小銀開始後悔，小亮在各方面都有比自己更成熟的想法，他不該向小亮炫耀自己看到了彩虹。小銀想著，得再多觀察觀察，以免愛情轉瞬就消失。

此時，他們收到鮭魚群召開全體會議的通知。小銀無暇去幻想彩虹。

16

這是鮭魚群游進草綠江之後首度召開全體會議。大顎鮭魚出現在魚群前方，鮭魚的視線全都集中到大顎鮭魚身上。他一臉凝重的張開了口：

「大家一起來動腦想想，該如何通過我們眼前的瀑布。」

他的語氣十分嚴肅，一點也不像平常的大顎鮭魚。而且，他似乎在發抖，貼在鰓旁的胸鰭隱隱約約在晃動。面對瀑布，大顎鮭魚也無可奈何的變得軟弱了吧。平時，大顎鮭魚在鮭魚群面前一副君臨天下的樣子，或許只是為了掩飾自己的軟弱。就如同幼小的鮭魚要賴哭泣，只是證明了他們的軟弱。

鮭魚群中，一尾乾瘦的鮭魚最先發言。與其他只專注食物的鮭魚不同，他是科學家，總是花時間在研究上，埋首於將鮭魚的生活提昇到更高的層次。因此沒有時間照顧自己，身體顯得虛弱。乾乾瘦瘦的他對自己外貌一點都不關心，卻相當自負，對什麼事情都很仔細。

「阻擋在我們面前的瀑布，確定是寬十公尺，高三公尺。」

「哇！」

鮭魚群響起讚嘆聲。

科學家鮭魚看往發出巨大水聲的瀑布。

「四年前，我們還是很小很小的幼魚時，曾經從這道瀑布上面跳了下來。那時，幼魚的數量是六百三十六萬七千九百四十一尾。其中，活著從河裡游到大海的有一百五十一萬二千八百三十二尾。今年，只有三千二百六十五尾，分成十群回到草綠江。絕對不能忘記，我們只是其中的一群。」

這隻瘦小的鮭魚擁有超乎常人的記憶力，身體某處彷彿安裝了一個儲存記憶的大型倉庫。他在河底繞游了一圈之後，嘴裡喃喃自語似的說：

「嗯，與我們上次離開這裡的時候相比，瀑布的高度增加了三十五公分。」

「告訴我們如何躍上瀑布的方法吧！」鮭魚群異口同聲的說，四周相當嘈雜。

「我們必須游得比瀑布下墜的水流速度更快才行。」

「我們想知道該怎麼做！」

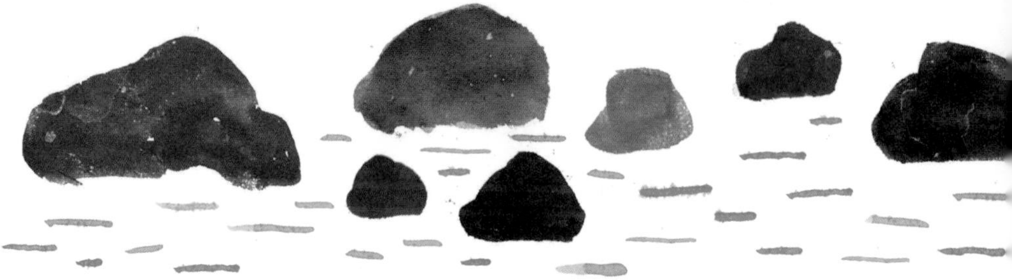

「把所有的力氣都集中在尾鰭上就可以了。」

科學家擺動了一下自己瘦弱的尾鰭。

「如果瀑布是時速三十公里，我們就必須使出時速四十公里以上的速度。」

「那麼瀑布的速度究竟是多少？」

「我正在研究！」

「嘖，一點幫助都沒有嘛！」失望的鮭魚紛紛撇了撇嘴。

「我研究的目的只是提出理論而已，剩下就不關我的事了。」

「你也要躍上瀑布吧？」

「當然！」

「那麼，你一定知道該怎麼做？」

「我現在還不知道。為了得到答案，我現在得離開了。」科學家慌忙的離開會議，往黑漆漆的岩石縫隙裡鑽了進去。他的背影看起來比任何時候都要來得孤獨多了。

17

第二個發言的是大嘴鮭魚。

他是一尾比任何魚都會說話的演說家。他總是富有邏輯，發音也非常正確，可說是完美無缺。

他從鮭魚群裡出列，走到前方說：「演說的場地實在太低了。」

他已經習慣了站在比聽眾高的地方發言，因此要求將講檯升高。鮭魚都想趕緊聽聽演說家的發言，就把最高的一塊岩石讓給了他。

「還需要一張講桌。」

「為什麼需要講桌？」

「當我的情感達到極端之際，我就得用尾鰭猛擊一下講桌才行。」

於是有人搬了一塊低矮的石塊放在演說家面前，所有鮭魚都豎起耳朵，準備傾聽他說話。他只有在說話的時候，才是誠實和熱情的。

「各位先生，各位女士！」他的聲音，比從瀑布上落下的水聲更響亮，「現在，大家正站在瀑布這個重大的考驗面前。我們能否克服大自然給予的考驗，決定著我們生存的成敗。」

演說家的演說才開始，鮭魚便一個個低下頭來。

「各位，我們要結合力量……」

低著頭的鮭魚早已經開始打起瞌睡。

演說家卻一點也不在意，提高了音量：「各位，我們要化所有的智慧為一體……我們要團結再團結，眾志成城……」

時間到底過了多久呢？

小銀好不容易從瞌睡的眼裡一看，演說家全身都熱得發紅。他正在調整呼吸，以便有力的讀完演講稿。

「……讓我以最熱切的胸懷放聲呼喚，各位朋友！」

「哇！」當他的演說一結束，瞌睡中的鮭魚彷彿都商量好似的醒了過來，高聲歡呼，似乎回應了聽不聽都一樣的演說。演說家鄭重的下台一鞠躬，他已經將自己想說的話全都說了出來，十分心滿意足。雖然聆聽的鮭魚一點也不滿意。

「我如果得到那麼多掌聲，一定難為情的想找個地方躲起來。」小銀說。

「重要的是，那名演說家並不知道，該放低音量。」小亮也歪著頭說。

18

第三個發言的是長鰭鮭魚。

他是負責鮭魚教育的教師，鮭魚都稱呼他「老師」。從大海移動到大河的時期裡，長鰭鮭魚真的教了鮭魚很多事情。他無所不知，他上課的方式大概是這樣的：

「我們的偉大頭領尊姓大名？」

「大、顎、鮭、魚。」

「地球上鮭魚的主要分布地？」

「北太平洋和北大西洋沿岸。」

「舉出一種和鮭魚一樣具有洄游性的魚類。」

「香魚。」

「鮭魚之所以是萬物之靈的原因？」

「因為會思考。」

他說，不只對鮭魚，也必須深入了解人類。他一再強調人類是鮭魚最大的敵人，知己知彼，才能百戰百勝。

「人類分為哪四大類？」

「黃種人、白種人、黑人、紅人。」

「人類最早登陸月球是哪一年？」

「一九六九年。」

「人類所謂世界三大美港是指哪裡？」

「澳洲的雪梨、義大利的拿坡里、巴西的里約熱內盧。」

他的課沒完沒了，長鰭鮭魚就是這麼有學問。很多鮭魚都十分尊重他，願意跟隨著他。大家對他說話一定使用敬語，也相信他必然能夠教給鮭魚通過瀑布障礙的智慧。

「無論如何，生活就是一連串的考驗。只

有聰明的通過考驗，才能保障我們的未來。瀑布只是大自然給予我們的考驗，古諺說：天下無難事，只怕有心人，一次不成，就做第二次。第二次不成，再做第三次、第四次。我們要做勇於挑戰的鮭魚。」

「老師，大家都知道要勇於挑戰，但我們想知道具體的方法該怎麼做。」

插嘴打斷老師說話的是小銀，對於他唐突的舉動，老師嚇了一跳，接著又繼續說下去。

「軟弱、懶惰的鮭魚會成為落伍者。所有的一切都決定在自己。各位，看看那裡，那條彎背

鮭魚！那條彎背鮭魚就無法保護自己。」

「老師！」小銀突然大叫一聲，卻因為鮭魚們吵吵鬧鬧的聲音掩蓋，老師似乎沒有聽見的樣子。

「你們如果不想成為彎背鮭魚那樣，就要好好努力才行。」

「老師，您怎麼能說那種話。」小銀已經氣得一張臉都綠了。

「彎背鮭魚會得到那種病，不是因為自己不夠努力，而是因為人類排放的水，才會變成那個樣子。因為背都彎了，他現在痛苦萬分。但世上還有比想游水卻沒法游更痛苦的事，您是否曾經想像過那種痛苦呢？那就是想幫助對方卻沒法幫的痛苦。那才是彎背鮭魚真正的痛苦。」

老師也不甘示弱的回覆：「我不是侮辱彎背鮭魚，只不過希望大家以此為戒而已。」

小銀不想再聽長鰭鮭魚說話。他覺得長鰭鮭魚不過是在狡辯。

他心想，「老師大概認為，接受教訓，就是人生的全部吧？或許當他看著楓葉在河面上飄零的時候也只想著教訓。當他發現一株不知名的花時，必定會先去查閱植物圖鑑，因為他想知道，

花到底對身體有益還是有害。當他望著星星的時候，或許在尋找那處地方是否存在著值得教訓的事情。他不知道花有花的美，星星有星星的美。不管怎樣，彎背鮭魚都想靠著自己的背脊游水。他的痛苦為什麼美，他的傷口為什麼美，老師不會知道的。因為，老師永遠只是老師！」

19

第四個發言的鐵口鮭魚游到了前面。

鐵口鮭魚是算命仙，不僅幫鮭魚取名字，還會推算鮭魚未來的命運。自從預言大顎鮭魚會成為鮭魚首領之後，他就變得聲名大噪。有一陣子還廣為流傳，大顎鮭魚遇上困難時，都會找他幫忙的小道消息。

他雖然負責幫其他鮭魚取名字，卻不曾為自

己取個名字。對此甚表惋惜的同伴就為他冠上了個鐵口鮭魚的稱呼。

他游到了眾人面前，看著每一尾鮭魚的眼睛。他的臉上無論何時都看不到憂愁。

「老天爺的憤怒化為痛苦的水柱，送到了我們面前。」

他一向誇耀自己擁有與上天溝通的能力。雖然大部分的鮭魚並不相信。

「別那麼計較啦，信一下又不會有什麼損失。」也有不少鮭魚這麼說。

大顎鮭魚也是其中之一，所以他一動也不動

的想要仔細聽聽算命仙的話。

「我們一定能躍上瀑布，只不過需要一點時間而已。」

聽到這句話的鮭魚，表情就像雨過天青的陽光，豁然開朗起來。

有魚問算命仙：「要等多久以後呢？」

「我也不知道。」

「你不是可以預言未來嗎？」

「我當然知道我們未來的命運，但天機不可洩漏！何時才能躍上瀑布，中間需要多久的時間，也只有老天爺才知道。在此之前，不管我們使出多少的力氣，都沒法躍上瀑布的。」

滿心期待的大顎鮭魚，聽到這話之後，表情變得扭曲起來。

「鮭魚產卵的時間越來越近，我有責任帶領大家回到產卵地。你現在卻叫我們盲目的等下去嗎？」

「這是老天爺的意思！」說完這句話之後，算命仙乾脆閉上眼睛。

擔任司儀的大顎鮭魚嘴裡斷斷續續冒出粗大的氣泡，這表示他的呼吸變得越來越急促了。

20

就在會議無法做出明確的結論時，一尾鮭魚大叫大嚷的闖進了會場。

「找到路了！在我努力研究之下，終於找到了一條路！」

原來是科學家鮭魚在叫嚷。鮭魚的視線一下子全都集中到他的身上，他驕傲的說：「我把瀑布底下仔細的測量了一番，竟然發現瀑布右側邊緣開了一條新的路。那條路長得像一條黑漆漆的隧道，我已經確認過，流經那處的水時速不到十公里。我想，那大概是人類特別為我們鮭魚所建造的路吧。」

「人類？」

「黑漆漆的隧道裡，一階一階的階梯規則又筆直的延伸上去。一階的高度大約都是三十公分，這就說明了是人類的傑作。」

人類是鮭魚群的最大敵人，而人類竟然會造出路來！鮭魚都不敢相信科學家鮭魚的話。長鰭鮭魚滿眼疑慮的最先開口：「為了誇耀自己的能

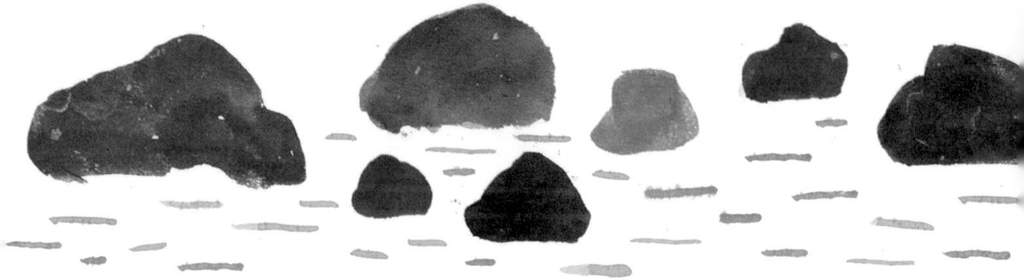

力，人類做出了無數殘忍的事情。人類居住的陸地上，為什麼小偷猖獗？為什麼每天都在上演殺人案件？人類的殘忍，是鮭魚無法想像的。連戰爭都能引發的人類，絕對不能相信。」

其他鮭魚也你一句我一句的說了起來。

「那是通往死亡之路。」

「與其被人類弄死，不如死在這裡算了。」

一見鮭魚群不相信自己的話，科學家鮭魚說：「那條隧道絕對不是陷阱，而是一條路。沒錯！我已經到路的盡頭游了一趟回來。如果那是陷阱的話，我就不可能回到這裡了。我現在一點事都沒有，安全回來就是證據。」

科學家鮭魚鬱悶的擺動著身體，他骨瘦如柴的身體看起來似乎馬上就要散開了。

默默聽著乾瘦鮭魚說話的小銀對小亮說：「科學家說的話，或許是真的。」

「我也這麼想。」

「科學家的缺點，就是到目前為止，都只提供了數字而已。對於一點也不關心數字的鮭魚來說，他的研究根本一點用處也沒有。但是，他變了。為了證明自己的研究結果，他甚至不惜以身試法，鑽進黑漆漆的隧道裡游了一趟回來。他現在是用自己的身體在說話。」

小銀和小亮同時擺動著胸鰭，表示想法一致的意思。

科學家鮭魚大概已經到了筋疲力盡的地步，眼神開始渙散。鮭魚在他四周圍了一圈，看著一條鮭魚生命的火花漸漸熄滅，他們什麼話都說不出來，只能靜靜觀望著。科學家鮭魚彷彿自言自語般，好不容易才說出話來。

「我……發現的那條路……絕對……是一條輕鬆的路……」說完這句話，科學家鮭魚就再也發不出聲音了。

指出一條輕鬆的路之後，他也嚥下了最後一口氣。

他的靈魂離開了軀體，但他的皮囊也將找到一條新的路。他死去的身軀會成為水裡微生物的食物，微生物將來又會成為幼魚成長茁壯的食物。鮭魚默默的注視著科學家鮭魚的身體順著水流而下。

人死了的話，其他人總喜歡在墳墓前面豎立墓碑。鮭魚都很清楚，人類在人生中擁有欲望的大小會與墓碑的大小成正比，甚至於還有人類會愚蠢的替還活著的人立碑。但鮭魚絕對不會為死去的鮭魚立碑，只會默默的注視著死亡，消化悲傷。

21

「別拖拖拉拉的，快走吧！」鮭魚的會議尚未結束，已經有好幾尾鮭魚起身準備離開。

大顎鮭魚不知如何是好，一臉慌亂。他原本還懷疑著科學家鮭魚找到的那條路，現在也有些心動了。

這時小銀站到大家前面，大聲說：「我們不能再多考慮一下嗎？」

正想起身離開的鮭魚猛然大吼：「有什麼好多考慮的，還不快走！」

「我認為不應該走輕鬆的路。」小銀一字一字清楚的說。他說出口的話竟意外給人強而有力的感覺，大家的視線逐漸轉向他。

「對鮭魚來說，有自己該走的路！」

「那是什麼意思？」

小銀的腦海中不知何時充滿了對父親的思念。帶領五百條以上的鮭魚群，正要通過瀑布的父親，他的父親，是一條絕不走輕鬆路的偉大鮭魚。

「人類造出來的輕鬆路，不是為了鮭魚好。」

「你不要在那裡自作聰明！」性情急躁的鮭魚開始直截了當的反駁小銀。

「你到底為什麼反對走輕鬆的路？」

「找到輕鬆路之後就離開世上的科學家，我很尊敬他。我也承認，是他獻身找出了那條路。但是，對我們鮭魚來說，必須要付出無限的努力來躍過那道瀑布，所以，不要連試都不試就放棄。」

「你也知道，那會是很痛苦的一件事情。」

「當然！」

「有必要非得經歷那痛苦嗎？我們必須快點回到上游去產卵，一點時間都不能耽誤的。」

小亮從剛才起就一直觀察著小銀的表情，她也想知道小銀會如何回答。

小銀沉重的張開了口：「產卵的事情非常重要。」

聽到小銀的話，小亮嚇了一跳。她從未聽到小銀說過這種話。小銀認為生命有比產卵更重要的意義，而尋找生存的意義是他認為更重要的事。小亮感動的雙眼潮濕了，她看著小銀，他發紅的魚鱗，此刻比任何時候都顯得更耀眼。

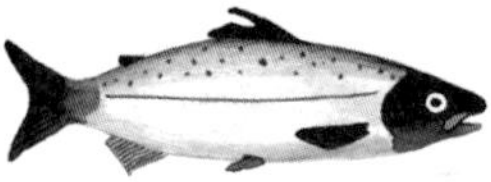

小銀接著說：「或許沒有一條鮭魚，願意放著輕鬆路不走，反而選擇艱苦的躍上瀑布吧？」

「你現在才知道！」

轉身要離去的鮭魚發出嘲諷的聲音。

「但是……」小銀停下話語。現在他的腦子裡，父親與自己的身影重疊在一起，在這種莫名的感慨下，他很難穩住自己的心。小銀看見了一條連接在父親與自己之間的無形繩索。這條繩索彷彿是一條滔滔不絕的河川，又像是河川所呼吸的草綠色氣息。雖然不曾謀面，但小銀在不知不覺間已經越來越有父親昔日的風範了。

「我也知道，我們鮭魚產卵是一件很重要的事情。但更重要的不是能不能產卵，而是能產下多麼健康的卵。一旦我們開始選擇了輕鬆的道路，我們的下一代就會只想走輕鬆的路，並且很快的習慣這種生活。但是，如果我們躍過了瀑布，跳躍瞬間的痛苦和喜悅就會完整的傳達給日後從卵裡孵化而出的下一代。我們現在度過的每時每刻，日後都會成為我們下一代的骨和肉，充實他們的生活。這就是我們不該選擇輕鬆道路，而該選擇瀑布這條艱辛路的原因。」

小銀已經不再是過去那隻軟弱又害羞的鮭魚

了。他的聲音低沉，心意已經緩緩傳入傾聽他說話的鮭魚心中。

鮭魚群開始議論紛紛。

「沒錯，輕鬆路不是路。」

「不走輕鬆路的鮭魚，才是最美的鮭魚！」

「我要聽小銀的話。」

「我也要躍上瀑布。」

聽完他說話的鮭魚都往瀑布下方集結，一開始說要走輕鬆路的鮭魚也猶豫的游往小銀的方向。

討論沒有再繼續進行下去的必要，會議結

束的同時，大顎鮭魚宣布：「小銀說的沒錯，除了身體虛弱的鮭魚之外，我希望大家都能躍上瀑布。彎背鮭魚和抱了太多卵、身體沉重的幾條鮭魚就游輕鬆的隧道路上去。」

小銀很擔心小亮，她也是抱了很多卵的鮭魚之一。小亮卻堅持非要躍上瀑布。

「妳不是要產卵嗎？」小銀問。

「我忘不了你的話，輕鬆路不是路，你說過的啊！想知道逆流而上的喜悅，就得有嘴部可能受到撕裂的覺悟。我想把這點教給肚子裡的卵。」她的固執是不可改變的。

22

跳躍瀑布的順序終於決定好了。排隊的時候，小銀問小亮：「我的心，為什麼這麼痛？」

小亮說：「我也是，好像有什麼老是刺著我的心。」

小銀有些哽咽。只要躍過了瀑布，故鄉就近在眼前了，但他一點也不高興，也不是因為害怕跳躍的關係。

「刺痛是什麼意思？」

「大概是我想在你心裡留下些什麼的意思吧。」

「用什麼留？」

「痕跡，無法抹滅的痕跡。」

就快輪到小銀和小亮了。

這時，不知從哪裡傳來撲通一聲。那是沒能躍上瀑布的鮭魚發出的聲音。跳躍失敗的鮭魚得排到最後面，等待下一次的跳躍順序。就算得跳第三次、第四次，也要跳到成功為止。

「小銀啊！」小亮呼喚小銀，「你找到生存

的理由了嗎？」

「嗯，一點點！生存，是為了……」就在小銀要回答的時候，終於輪到了他們。

「加油！」小亮只簡單的說了一句。

從瀑布上方墜落下來的水柱讓小銀幾乎睜不開眼睛。沿著草綠江逆流而上的時候，他們什麼都沒吃，但體內似乎還有能量，那些力氣有大半現在就要發揮功能，尾鰭也得比過去任何時候向左右更快速的擺動才行。

用全身的力量往上跳躍！

小銀和小亮可說是用盡了全身力量踢著水往

上躍去。什麼聲音都聽不到，什麼事情都想不起來。只有他們躍上瀑布的身姿，撥開猛烈的水勢，閃爍著光芒騰向空中。

這時，奇蹟發生了！

不再是瀑布洶湧的水柱，取而代之的是不知何時出現的安靜水流，溫馨的環抱住他們的身體。但這不是奇蹟，而是現實。最後，他們總算躍上瀑布了。水裡的小石礫受到陽光的照耀發出一閃一閃的光芒，那些石礫互相衝擊，發出喀啦喀啦的聲音。已經躍上瀑布的鮭魚早就在前面自在的游來游去，後面則是鮭魚排隊輪番跟了上

來。小銀不禁想著，艱難而重要的事情難道只是如此單純嗎？

小銀想見識外面的世界，就得等大河打開一條路。然而，小銀不想借助大河的力量，想試著自己開啟河水看看。

「我不想再看大河給我打開的窗戶了，我要自己開啟河水四下看看。那或許也等於是為我自己打開一扇窗，我總覺得自己過去很封閉，總是自顧自生活。」

他正想和小亮一起探頭出水面的時候，潺潺的河水趕緊打開了胸口的窗戶。

這時，他們看到一群蜂擁到河邊來的人類。

小銀有種奇怪的感覺，問小亮：「人類手中為什麼沒有漁網或釣魚竿呢？」

「那些人類，大概是拿著照相機的人吧。之前大河提到過，人類分為拿著釣魚竿和拿著照相機兩種。」

「照相機是什麼？」

「大河說，是一種可以拍下時間的機器。」

河邊的人類將照相機貼在眼睛上，興致勃勃的拍下往瀑布跳躍的鮭魚。

「哇，看看那裡！」

「真壯觀！」

「那傢伙的魚鱗，整個都是銀色的。」

他們此起彼落的聲音傳到小銀所在的地方。

小銀很想靠近人類，把自己銀色的身軀讓他們看個痛快。如果照相機是拍下時間的機器，他想自己跳進相機裡，成為靜止的瞬間。世上還存在著值得信賴的人類，這件事讓他頗感興奮。

小銀對小亮說：「這世界還算不錯吧。」

小亮也輕輕的擺動著身體。

23

小銀為了仔細觀察善良的人類，往岸邊游了過去。人類全都對著小銀拿起照相機。偶爾照相機會爆出閃光，小銀都會突然被嚇到，但他知道這些人不會傷害自己。拿著照相機的人類絕對是懂得從側面觀察鮭魚的人。

然而，他的眼中突然映入一個手上沒有拿照相機的人類。長得比拿照相機的人類更矮小的人

類手托著下巴坐在岸邊，這個有著山葡萄般黑亮眼珠的矮小人類正以好奇的眼光望著他。他蠕動著小巧漂亮的嘴巴，似乎想對小銀說些什麼。

「你的臉真乾淨！」小銀率先說話。

「因為我不是大人。」小男孩說。

這名幼小的人類正用心語在說話。

「人類成了大人後，臉上也會長出鬍鬚的樣子。」小銀心想，他問小男孩：「你怎麼會來這裡？」

「跟著爸爸來的。那邊穿著紅衣服的人就是我爸爸，媽媽和姊姊也一起來了。」

哇，這個幼小的人類也有父親啊！小銀的胸口有點火辣辣的痛，他以羨慕的眼神望著小男孩。

「你父親從事什麼行業？」

「攝影家。」

「你真幸運！」

「為什麼？」

「因為你可以知道父親的長相。」

「你沒有爸爸嗎？」

「我有爸爸，但不知道他長什麼模樣。鮭魚產卵之後就全死了，撫養我們長大的是大河。」

「那麼……你叫大河『爸爸』，不就得了。」

「照你說的，我試著喊喊看？」

「喊啊，喊啊！」小男孩似乎想安慰小銀。

「我該走了！」小銀說。

「我還想跟你多說點話。」漂亮的孩子一副不捨的眼神。

「我有件事想拜託你。」

「什麼事？」

「等你長大以後，希望你能拿著照相機，不要拿釣魚竿。」

「好，我不會忘記的。再見！」小男孩揮揮

手。

「謝謝你，再見！」小銀說完後，擺動魚鰭朝著上游而去。

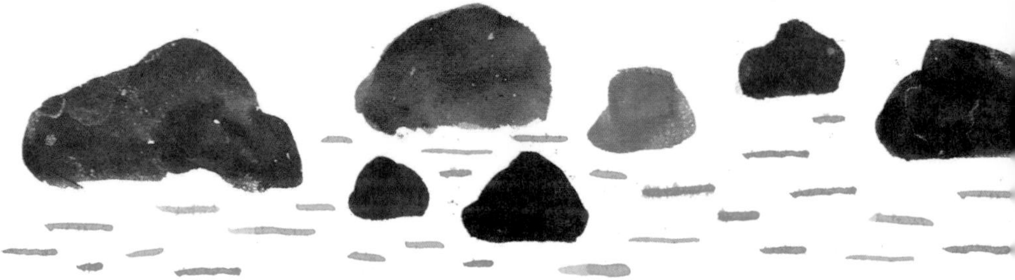

24

水路越來越窄，幾塊巨大的岩石阻擋了他們的去路。

「你是誰？」

「我是墊腳石。」墊腳石回答。

「你在那裡做什麼？」銀鱗鮭魚問。

「把人類傳遞過去。」

仔細一看，墊腳石上印了許多人類的腳印。

剛才遇見的幼小人類的腳印，也如美麗的紋路般印在上面。墊腳石立在水中載著人類送往迎來，身體被摩擦得閃閃發亮。

小銀生出惻隱之心。

「不痛嗎？」

「沒關係！」

「就算人類亂踩在你身上？」

「不被踩過的話，我就失去了活著的理由。我被踩的同時，也讓人類得以移動腳步。」

「喔，原來如此！」小銀這麼想，「看似木訥的墊腳石，也做著很好的事情。他即使被踩也

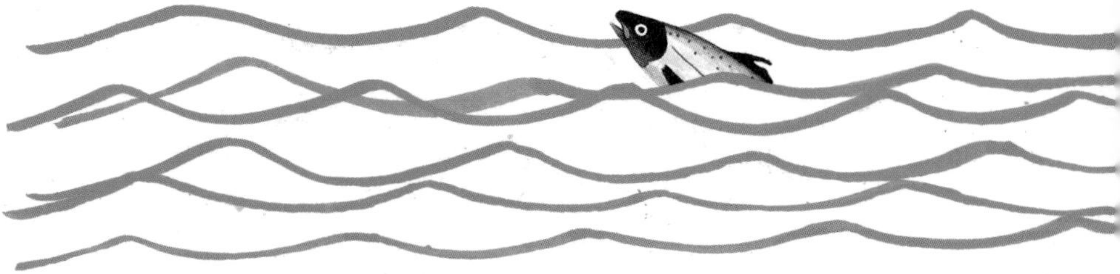

很快樂，是因為活著的理由十分明確。墊腳石不去做一般石頭阻擋水流的工作，毅然決然做著自己該做的事情。比起墊腳石，我是多麼微不足道的存在啊。」

25

小銀和小亮並肩游過墊腳石之間的水路，越往上游，河水變得越淺，他們的背鰭也露出了水面。現在，水淺到草綠江沒法再稱之為「江」了。然而，小銀卻感覺到，某種在深水中無法感受到的充實感正包裹住他的全身。

「一直到現在為止，我都把河川和陸地區分為二。河川裡住著鮭魚，陸地上住著鮭魚的敵人——人類。我把自然與人類，還有人類與鮭魚區分開來。這個想法實在太草率了！捲著我流動的溪水，是從山上匯集了數千、數萬粒水滴而成的啊！小溪成了更大的河川，接著形成了大海。為什麼我不知道這個事實呢？」

小銀看著他眼前，溪底水流彼此手牽手的樣子，每一寸土地也手牽著手，在水底合而為一。

他想起了不停晃動的藍色大海，大海與地球上所有的陸地手牽手，組成了完整的存在。陸地承載水，水潤澤陸地，形成了這個世界。

26

上游的險灘上，鮭魚為了準備產卵看起來比平日更有活力。四處奔游的鮭魚、鑽開小溪舖滿礫石底層的鮭魚、在周圍不停環遊，守著不去的鮭魚……都是為了找到一處適當的產卵地。水裡彷彿成為一處工地，事實上，產卵也就是一生一次重要的工程。

小亮在做產卵的準備，她開始用尾鰭深入險

灘底層。連小石塊鋒利的邊緣撕裂了魚鰭也不知道，一心準備著產卵。尾鰭沒力氣了，就改用腹鰭，腹鰭力氣都用完了就用嘴，拚命的試圖在地上挖出個坑。

「要我幫忙嗎？」

「不用了，你不用過來。」

「我想幫幫忙。」嘴巴上雖然是這麼說，其實小銀也同樣全身疲憊，因為他們花了太長的時間才來到這裡。

「再多挖一點就可以了。」小亮的嘴如同磨損的碎布，破爛得越來越厲害。她大概也很疲倦了，長長的呼出一口氣。小亮暫時停下正在做的事情，望著小銀說：「小銀！」

小亮曾經明亮的眼裡，過往時間的軌跡歷歷在目；通過了歲月這長長隧道，每隻鮭魚都會共有一段記憶。

「你找到了生存的理由嗎？」小亮問。小銀突然很慚愧，他一直認為，生命中一定有比產卵更重要的事情。然而他遍尋無獲的生存意義，其實根本不在他方。他只不過和其他的鮭魚一樣，沿著大河逆流而上、和大河有番對話、躍過了瀑布，如今抵達上游的終點而已。

「我只明白：生命的特別意義，不在遙遠的地方而已。」小銀開口。

「你不是說過，所謂的『希望』存在於某個地方。」小亮繼續問道，「你是不是要說，結果根本都找不著『希望』？」

小銀顯出前所未有的平靜表情，他說：「是的，我找不到『希望』，卻一點也不後悔。比起心裡從不抱著一絲希望生活的鮭魚，我覺得自己已經很幸福了。我相信，只要我們不放棄尋找，世上的某個地方還是存在著『希望』。但願有許許多多的鮭魚都和我抱持相同的想法。」

小亮覺得小銀彷彿之前去了某個遙遠的地方旅行，直到現在才剛歸來似的。他為了抓住浮雲和彩虹而出發去旅行，現在終於成了一尾真正的鮭魚返回故鄉。

小亮不想責備他內心的徬徨。比起生活中連一丁點希望或好奇心都沒有的鮭魚，小銀已經成長為更美的鮭魚了。小銀為什麼總想探頭往河水外看？為什麼總想用「心」來看世界，她似乎也懂了。

27

小亮築好了產卵地之後說：「小銀啊，產卵的時候到了。」

她看起來十分疲憊，臉上仍盡力維持不失開朗的模樣。

「小銀啊，過來我這裡！」她說的每一句話，開頭都加上小銀的名字。她是否明白，還能呼喚這個名字的時間已經所剩無幾了呢？小銀和小亮碰觸著彼此的身體，並排在產卵地上。要讓魚鰭動也不動的停在原地，可不是件容易的事情。所有的時間彷彿都靜止，四周一片寧靜。

「小銀啊！」小亮繼續呼喚。

小銀什麼話都說不出來，鮭魚產卵，代表了長長的生命就此結束。小銀因為這突如其來的可怕想法，感到全身顫抖。他不是畏懼死亡，因為他和小銀的愛情即將結束，比死亡還可怕。同時也意味著必須永遠告別草綠江。

「小亮！就算我們消失了之後，河水仍會繼續奔流不息吧？」

「或許吧，會繼續流下去的。」

「大河還會記得我們嗎？」

「我相信大河。」

「什麼意思？」

「不相信大河的鮭魚，就無法回到河川裡，我們的孩子也會相信大河的。」小亮小心翼翼的說。然而，小銀的心卻又難以掩飾激動的不安感。

「我們消失之後，大河會守護我們的孩子嗎？」

「鮭魚不需要守護魚卵，但我們的死亡會養大幼魚。大河也一定會保護我們的卵。」

小銀的眼前變得一片昏暗。如果生命可以重來，真想從頭再來一次。如果真能如此，一定要為小亮創造更美好的回憶。如果能將這慚愧人生的時針，向後撥轉……

「等幼魚從卵裡孵化而出的時候，一定會忘了我們吧？」

「或許，只有遺忘，才能擁有更幸福的回憶，這就是鮭魚的一生。」小亮說完這句話之後，大大張開嘴巴。

接著，從小亮的肚子裡，難以計數的魚卵噴湧而出。亮麗櫻桃紅色的卵，如母親鮭魚身上的

色彩，櫻桃色的魚卵紛紛沉落到溪底產卵地的石礫縫隙間。

現在該輪到小銀了，小銀緊緊閉上眼睛，從腹部激射出白色的液體，沾染在一顆顆櫻桃色的魚卵上。

小銀和小亮張著嘴並列在一起，好一陣子沒有動彈。這就是小銀與小亮共同完成的，在世上第一幅也是最後一幅景象，同時也是世上最莊嚴、最悲傷的景象。

為了呈現這麼一幅景象，五年前，他們以柔弱的幼魚之身從上游跳下瀑布；為了呈現這麼一幅景象，他們毫不猶豫的游向遼闊的大海；為了呈現這麼一幅景象，他們克服了北太平洋白令海的洶湧波滔；為了呈現這麼一幅景象，他們不畏死亡，洄游到草綠江來；也正是為了呈現這麼一幅景象，他們跨越過無數的死亡。如今，他們正在為自己創造一幅神聖的死亡之景。

一旦產卵完畢，他們就會成為沒有靈魂的肉體浮上水面，把生命所有的能量再一次交還給世界。他們帶著變色發白的無重力身體，漂浮而上。

小銀和小亮在閉上眼睛之前，最後一次看著彼此，或許說了這些話吧：「在那些卵裡面，一定會有明亮的眼睛。」

「那些眼睛，或許早就已經把北太平洋海底看得一清二楚了。」

接著……草綠江迎來了冬天。

冬天一到，河川為了不讓河水凍結，會在河面上覆蓋以冰層做的被子。整個冬天，河川都不會收起這條被子，在自己的胸口裡養育鮭魚卵。偶爾，看著草綠江青藍色的冰層，有人經過的時候，會隨手丟塊石頭。這時，大河就會哭著發出鏘鏘的聲音。

到春天來臨以前，經過河川時要小心一點，因為在他胸口深處，幼小的鮭魚正在長大。

28

「鮭魚」兩個字，擁有河川的味道。

以此開始的故事，在此告一段落。

短短的鮭魚故事雖然結束，小銀和小亮的旅行依然在持續中。因為只要流水潺潺，只要大河告訴鮭魚逆流而上的重要性，鮭魚就會溯河洄游。或許其中，會有幾尾鮭魚仍舊記得小銀吧！當他們游在平靜的險灘時，就算不看他們，就算只能聽到魚鰭撥弄水流的聲音，我也希望能擁有知曉小銀回來了的心靈之眼。

到那時為止，我不會停止說故事。

「鮭魚」兩個字，擁有河川的味道。

科學知識小專欄

牠們為何逆流而上？

小麥田編輯部 整理
陳仲吉（臺灣師範大學生命科學系教授） 審訂

讀完了《閃亮亮的小銀》，鮭魚的生命之旅是不是精采又令人欽佩呢？你是不是也會疑惑，為什麼鮭魚一定要從大海迴游到出生的河流？他們要怎麼認識回家的路？除了熊和魚鷹外，鮭魚還有什麼天敵嗎？繼續往下翻，一起來認識小銀與他的伙伴吧！

出生

鮭魚生命的旅程，是從河流上游的河床開始。冰雪融化的初春時節，小小的魚苗鑽出魚卵，迎接外頭嶄新的世界。然而，只有百分之十至二十左右的鮭魚能夠幸運的出生。大多數的鮭魚卵會因為感染、窒息、受精不完全或是河水溫度的影響而死亡，尚未從卵孵出就結束了生命。順利出生的幼魚則根據種類的不同，有的會直接生活在上游河川地區，也有的是游向下游，在入海口的環境中成長。

到了隔年春天，鮭魚幼魚就會啟程，順著融化冰雪形成的河流游向汪洋大海。這時候，只有約百分之七十五的幼魚能夠安然抵達大海。

還記得鮭魚小銀最喜歡的食物是什麼嗎？擁有特殊清香的蝦子、小蟲和浮游生物正是鮭魚的主食。來到大海的幼魚攝取浮冰層底下的食物，身體快速成長。一般認為，這就是鮭魚辛苦來到大海的理由：湧升海流帶來的營養物質滋養浮游生物，浮游生物又餵養了昆蟲與甲殼類動物，供給鮭魚成長需要的大量養分。

鮭魚幼魚依據品種的不同，在兩年至五年後成長為成魚，鱗片轉變為銀白色或銀灰色，有的體型甚至成長至一公尺。鮭魚在海中生活的時間從一年到八年都有，平均而言是三年。到了初夏，成熟的鮭魚就準備離開大海，游回出生的河川。

迴游

為什麼鮭魚有辦法準確的回到自己出生的河流呢？科學研究指出，鮭魚根據太陽和地球磁場定出方位，尋找出生河流的方向。抵達河口後，再以高度進化的嗅覺，找出河流的正確位置。海洋裡的鮭魚，身體和我們常見的魚類一樣，是銀白色或銀灰色，但在返回淡水河口的過程中，鮭魚的體色會漸漸變紅，這是鮭魚進入求偶期的性徵。此外，雄鮭魚的背部會隆起，並長出可以用來與對手競爭的鉤狀鼻子；雌鮭魚則是變得大腹便便，肚子裡已經孕育了上千顆等待受精的魚卵。

抵達河口的鮭魚不只身體外觀產生改變，生活習慣也與以往大不相同。為了安全產卵，鮭魚在逆流而上的時候不吃任何東西，因此，鮭魚在回到河川前必須大量覓食，讓體內儲備夠多的脂肪與熱量，才有力氣躍過急流與瀑布，最後抵達河床產卵。

天敵

擁有肥厚脂肪的鮭魚，自然就成為眾多肉食動物的獵捕對象：瞪著銳利眼珠的魚鷹、張著黑洞大嘴呼嚕嚕吞下鮭魚群的鯊魚、在阿拉斯加冰層上覬覦鮭魚群的北極熊和海獅、連大海底部都不放過的鮭魚捕撈拖網漁船……除了這些在故事中出現的敵人之外，海洋裡的鯊魚、陸地上的棕熊、天空中的白頭鷹等，也都是鮭魚強勁的天敵。

為什麼鮭魚要歷經千辛萬苦，來到更加危險、天敵也更多的大海呢？待在河裡不是更安全嗎？那是因為大海有更充足的養分和食物，可以讓鮭魚長大茁壯。鮭魚剛出生時只是數寸長的小魚苗，成魚依據種類不同，能成長到三十公分至一公尺以上。

繁殖

經過漫長的旅程，鮭魚在秋季時分陸續抵達河床。產卵的季節來臨了。

此時的雌鮭魚會搖擺尾鰭和身體，在河床的險灘挖出坑洞，產下部分的卵在裡頭。接著，雄鮭魚會來到坑洞上讓魚卵受精，並趕走其他試圖打擾的雄鮭魚。受精的卵表面帶有黏性，因此能夠穩穩地附著於坑底。受精後，雌雄鮭魚會一起將細砂覆蓋在魚卵上，然後繼續前往上游，重複產卵、授精、蓋土的行為。整個產卵的過程會持續幾乎兩個禮拜，直到雌魚產完腹內所有的卵，雄魚也都筋疲力竭為止。

完成繁殖使命的鮭魚，生命旅程也宣告落幕。然而，鮭魚用盡力氣產下的卵，已經安穩的躺在河床裡。即使寒冬到來，藏於冰雪之下的鮭魚卵依舊溫暖的成長著，緩慢而蓬勃發育成透明的受精卵，靜靜等待溫暖春天到來的孵化。

台灣特有的鮭魚：櫻花鉤吻鮭

生長於北半球地區的太平洋鮭，屬於冷水性的魚類。然而，位於熱帶與亞熱帶交界的台灣卻也有鮭魚棲息，而且是台灣僅有的特有種，這是怎麼一回事呢？事實上，這個發現也讓當時的學者嚇了一大跳呢！

櫻花鉤吻鮭是太平洋鮭的一種，俗稱「櫻鮭」。牠的家族成員主要分布在環日本海地區，包括例如日本全島、庫頁島、西伯利亞與韓國東部等地的溪流與沿海。台灣則是該種魚類唯一分布的亞熱帶地區。

根據學者推論，距今約一萬多年前的冰河末期，氣溫

升高，河川因為融化冰水的注入變得湍急，而大甲溪中下游的水溫又高於鮭魚的生存溫度，加上河谷地形的改變，櫻花鉤吻鮭只剩較平坦的大甲溪上游可以生存。因此櫻花鉤吻鮭便被阻絕在台灣的高山河流中，成為「陸封性鮭魚」。

台灣的櫻花鉤吻鮭本來與一般的鮭魚一樣，會從大海迴游至牠出生的河流繁殖後代。但是，對成為「陸封性鮭魚」的牠們來說，這些都是數十萬年前的習性。現在的櫻花鉤吻鮭只能在大甲溪的支流中（例如七家灣溪）進行短程的迴游，甚至，近幾年來水庫、攔砂壩的興建和環境的破壞，櫻花鉤吻鮭連迴游都無法進行。因此，環境保護成為現在櫻花鉤吻鮭最重要的課題！

小麥田

故事館 13

閃亮亮的小銀
연어

作　　者　安度昡 안도현
譯　　者　游芯歆
封面設計　達　姆
插　　畫　達　姆
副總編輯　巫維珍
責任編輯　丁　寧

國際版權　吳玲緯
行　　銷　何維民　吳宇軒　陳欣岑　林欣平
業　　務　李再星　陳紫晴　陳美燕　葉晉源
編輯總監　劉麗真
總 經 理　陳逸瑛
發 行 人　凃玉雲
出　　版　小麥田出版
10483 台北市中山區民生東路二段 141 號 5 樓
電話：(02)2500-7696
傳真：(02)2500-1967
發　　行　英屬蓋曼群島商家庭傳媒股份有限公司
城邦分公司
10483 台北市中山區民生東路二段 141 號 11 樓
網址：http://www.cite.com.tw
客服專線：(02)2500-7718 ｜ 2500-7719
24 小時傳真專線：(02)2500-1990 ｜ 2500-1991
服務時間：週一至週五 09:30-12:00 ｜ 13:30-17:00
劃撥帳號：19863813　戶名：書虫股份有限公司
讀者服務信箱：service@readingclub.com.tw
香港發行所　城邦（香港）出版集團有限公司
香港灣仔駱克道193號東超商業中心1/F
電話：852-2508 6231
傳真：852-2578 9337
電郵：hkcite@biznetvigator.com
馬新發行所　城邦（馬新）出版集團 Cite (M) Sdn Bhd.
41-3, Jalan Radin Anum,Bandar Baru Sri Petaling,
57000 Kuala Lumpur,Malaysia.
電話：+6(03) 9056 3833
傳真：+6(03) 9057 6622
讀者服務信箱：services@cite.my
麥田部落格　http:// ryefield.pixnet.net
印　　刷　前進彩藝有限公司
初　　版　2015 年 6 月
初版四刷　2021 年 9 月
售　　價　260 元

ISBN 978-986-91638-3-5
Printed in Taiwan.
本書若有缺頁、破損、裝訂錯誤，請寄回更換。

國家圖書館出版品預行編目資料

閃亮亮的小銀 / 安度昡著；游芯歆譯 . -- 初版 . -- 臺北市：小麥田出版：家庭傳媒城邦分公司發行，2015.06
面；　公分

ISBN 978-986-91638-3-5(平裝)

862.59　　104008769